In dem Roman-Autor und »Prosastückli«-Schreiber Robert Walser sieht die »Dame Nachwelt« (O-Ton Walser) heute den wichtigsten Schweizer Schriftsteller der ersten Hälfte des 20. Jahrhunderts. Der Lyriker Walser ist demgegenüber noch immer fast unbekannt. Wurden die poetischen Erstlinge des Dichters noch mit einigem Wohlwollen als Hervorbringungen eines »Naturtalents« aufgenommen, stiessen und stossen die späteren Gedichte selbst bei Freunden des Autors weitgehend auf Unverständnis und Ablehnung. Dass das mehr mit dem beschränkten Poesie-Horizont seiner Kritiker als mit dem poetischen Vermögen des Dichters selber zu tun hat, versucht Urs Allemann in diesem Band an 33 Walser-Gedichten zu zeigen: Diese grössten Teils späten, in den zwanziger Jahren des letzten Jahrhunderts entstandenen Verse brechen aus aus Konventionen, die für die lyrisch den Ton angebenden Zeitgenossen Robert Walsers – Hesse, Hofmannsthal, selbst Rilke – noch durchaus verbindlich sind. Diese Verse inszenieren nicht mehr den von »gehobener Gefühlslage« getragenen lyrischen Aufschwung, sondern führen, der Kunst den schönen Boden unter den Füssen wegreimend, Lyrik als Absturz- und Antikunst vor. Mit Tönen experimentierend, wie sie, ein halbes Jahrhundert später, erst Ernst Jandl oder Dieter Roth wieder anschlagen sollten, entwirft Walser radikal desillusionierte, bizarr komische Selbstporträts des Dichters – als Bruchpilot, als »in sich ruh'nde Laus«, als »Ruine mit Lausbubenmiene«.

Robert Walser, geboren am 15.4.1878 in Biel, ist am 25.12.1956 in Herisau gestorben.

Urs Allemann, geboren 1948 in Schlieren bei Zürich, lebt als Lyriker und Poesieperformer in Reigoldswil, Schweiz. Letzte Veröffentlichung: »im kinde schwirren die ahnen. 52 gedichte« bei Urs Engeler Editor, Weil am Rhein 2008.

insel taschenbuch 3449

Robert Walser

# Der Schnee fällt nicht hinauf

# Robert Walser
# Der Schnee fällt nicht hinauf

*Dreiunddreißig Gedichte*

Ausgewählt
und kommentiert
von Urs Allemann

Insel Verlag

Umschlagabbildung: Max Beckmann,
Schnee in Garmisch-Partenkirchen, 1934


Die Rechtschreibung der Kommentare des Herausgebers
und der Briefzitate folgt schweizerischen Regeln.

insel taschenbuch 3449
Erste Auflage 2009

Umschlag nach Entwürfen von Willy Fleckhaus
Vertrieb durch den Suhrkamp Taschenbuch Verlag
Druck: Druckhaus Nomos, Sinzheim
Printed in Germany
ISBN 978-3-458-35149-8

1 2 3 4 5 6 – 14 13 12 11 10 09

# Der Schnee fällt nicht hinauf

# EINLEITUNG

## »... wirklich schwach, ja oft kindisch ...«

### *Der verkannte Gedichtelidichter Robert Walser*

Robert Walser hat es geschafft. 50 Jahre nach seinem Tod wird er beinahe unisono als der bedeutendste Schweizer Schriftsteller der ersten Hälfte des 20. Jahrhunderts gefeiert. Sein Ranking ist gewissermassen das eines zu einer einzigen Dichterpersönlichkeit kondensierten FrischDürrenmatt dieser Epoche. Wenn sich die Menschen aufmachen, um die legendäre Stelle zu besuchen, wo Robert Walser am 1. Weihnachtsfeiertag 1956 bei einem Spaziergang im Schnee gestorben ist, dann werden neuerdings unter den Pilgern selbst Bundesräte, Mitglieder der Schweizer Regierung, gesichtet – ein untrügliches Zeichen dafür, dass der Gegenstand der literarischen Verehrung zum Kulturgut von nationaler Tragweite avanciert ist. Ein Wunder fast, dass, wenn ich à jour bin, mit dem Namen des Dichters bisher noch nicht Werbung für ein Bircher- oder eben ein Walsermüsli gemacht wird – eine Option, die der bekannten Vorliebe Walsers für den Diminutiv wegen eigentlich naheliegen würde.

Die allgemeine Anerkennung, die Walser heute geniesst, verdankt er vor allem den drei Romanen »Geschwister Tanner«, »Der Gehülfe« und »Jakob von Gunten«, die er in seinen Berliner Jahren geschrieben und zwischen 1907 und 1909 veröffentlicht hat. Kenner geben sich dadurch zu erkennen, dass sie den Romanen die Kurzprosa, die »Prosastückli«, noch vorziehn. Unbekannt und, wenn doch bekannt, wenig geschätzt sind bis heute die Gedichte. Lyrik, da waren und sind sich auch die Freunde und Fürsprecher Walsers einig, war dieses Dichters Ding nicht.

Das soll vor allem gelten für das lyrische Spätwerk. Wohlwollend nickende Leser der frühen Gedichte hat es schon gegeben. Der erste war Josef Viktor Widmann, der Literaturkritiker des Berner »Bund«, der am 8. Mai 1898 sechs kurze Gedichte Walsers im »Sonntagsblatt des Bund« als »Lyrische Erstlinge« eines, so wörtlich, »20jährigen Handelsbeflissenen in Zürich, R. W.« (also ohne volle Namensnennung) vorstellte. Widmann erkennt in dem jungen Poeten eine »Naturbegabung«, die »trotz allen Hindernissen« meist »für die wahre und ungewöhnliche Empfindung auch das wahre und ungewöhnliche Wort zu finden« wisse. Mit den »Hindernissen« sind die »Zeichen ungenügender stilistischer Schulung« gemeint, die Widmann in den Gedichten auch zu erkennen glaubt: Auf »grammatikalisch ziemlich bedenkliche Konstruktionen« sei er gestossen, merkt er jovial an, und auf »unmögliche Reime wie ›Kuss‹ und ›Jesus‹«, aber eben, das sei auf mangelnde Bildung und Übung zurückzuführen und der Jungdichter müsse sich jetzt halt tüchtig ins Zeug legen, um »seine Naturbegabung durch getreue Arbeit und Fleiss zu dem zu entwickeln, was meisterliche Kunst ist«. Robert Walser wird begrüsst als eine begabte neue Stimme im Chor der neoromantischen Stimmungslyriker – das, was wirklich neu ist an der Stimme und der

Stimmungslyrik sanft den Boden wegzieht unter den Versfüssen, wird als Unfertigkeit, handwerkliches Ungeschick, technischer Mangel gerügt.
Über die Veröffentlichung der »Lyrischen Erstlinge« im »Bund« wird der österreichische Essayist Franz Blei auf Walser aufmerksam, der in einem späteren Rückblick auf diese Zeit festhält: »Es waren wirkliche und richtige Gedichte von innen her« und lobend hervorhebt: »Nirgends dirigierte der Reim den Sinn.« Wie wir sehen werden, verhält es sich, jedenfalls bei den späteren Gedichten Walsers, genau umgekehrt: Viele von ihnen zeichnet gerade aus, dass der Reim ihr konstruktives Zentrum ist. Aber davon später. Franz Blei macht Walser mit dem Poetenkreis um die Zeitschrift »Die Insel« bekannt, Dichter wie Rudolf Alexander Schroeder und Otto Julius Bierbaum sorgten dort für eine gehobene, gutbürgerliche, vielleicht ein wenig dünne und salzarme Lyrikküche: Auch hier wird Walser als bissl ungebildetes, aber vielversprechendes Naturtalent willkommen geheissen. Im »Insel«-Verlag ist dann auch sein erstes Prosa-Buch »Fritz Kochers Aufsätze« erschienen.
Auf einen ersten Gedichtband musste Walser bis 1909 warten, als er sich durch die Berliner Romane als Schriftsteller schon einen Namen gemacht hatte: Die teure bibliophile Ausgabe der »Gedichte«, die mit Radierungen seines Bruders Karl in einer Auflage von 300 Exemplaren bei Bruno Cassirer erschien, enthielt, wie Josef Viktor Widmann in seiner wiederum wohlwollenden Besprechung des Buchs feststellte, im wesentlichen die Gedichte, aus denen er damals die sechs »Lyrischen Erstlinge«

ausgewählt hatte. Neue Gedichte waren kaum dazugekommen, als Lyriker machte Robert Walser nach 1900 gut zwei Jahrzehnte Pause.

Zu sprudeln begann die lyrische Produktion erst wieder 1923/24 in Walsers Berner Zeit, sie versiegte nun aber bis zum literarischen Verstummen Walsers im Jahr 1933 nach seiner Verlegung aus der Heilanstalt Waldau in die Heil- und Pflegeanstalt von Herisau nicht mehr. Die Reaktion der wenigen Leser auf die neuen Gedichte allerdings unterschied sich von der auf die frühen Gedichte beträchtlich: Das wohlwollende Nicken und Schulterklopfen wich ratlosem Achselzucken, ungeduldigem Kopfschütteln, verlegenem, zunehmend peinlich berührtem Stirnrunzeln.

Dass er von den rund 300 Gedichten, die in dieser Zeit entstanden sind, immerhin 130 in Zeitungen veröffentlichen konnte, verdankte Robert Walser vor allem dem eher in freundschaftlicher Zuwendung als literarischer Begeisterung wurzelnden Engagement von Max Brod und Otto Pick, die damals Redaktoren des »Prager Tagblatts« bzw. der »Prager Presse« waren und gegen den zum Teil erheblichen Widerstand ihrer Chefredaktionen und auch ihrer Leserschaft imer wieder mal einen befremdlichen Walser in ihre Feuilletonspalten einrückten: Pick im Lauf der Jahre 80, Brod immerhin 30 Stükke. Zirka 20 weitere Gedichte erschienen in der »Literarischen Welt« von Willy Haas und in Max Rychners Zeitschrift »Wissen und Leben«, der späteren »Neuen Schweizer Rundschau«. An eine Buchausgabe war nicht zu denken.

An der Geringschätzung der späten Walser-Poeme hat sich bis heute wenig geändert. Als der Freund und spätere Vormund Walsers Carl Seelig nach der Neuauflage der frühen »Gedichte« (1944) zwei Jahre nach dem Tod des Dichters, 1958, auch einen Band mit »Unbekannten Gedichten« herausbrachte, da desavouierte er diese in seinem Nachwort gleich selber, indem er zu den lyrischen Beiträgen Walsers in den Prager Blättern befand: »... die abgedruckten Verse waren zum grossen Teil wirklich schwach, ja, oft kindisch...« Und sogar der Walser-Herausgeber Robert Mächler schreibt in seinem Nachwort zu dem die »Gedichte und Dramolette« versammelnden Band VII der zwölfbändigen Werkausgabe edition suhrkamp (1978):

»Bei dem Wort ›lyrisch‹ denkt man (...) an gehobene, ungewöhnliche Gefühlslage und Sprache. Die meisten späten Gedichte Robert Walsers könnte man danach kaum als Lyrik bezeichnen. (...) Sie sind häufig nichts als mit den äusseren Merkmalen der Verskunst ausgestattete, sehr kurze Walsersche Prosastücke. (...) Viele sind reimlos, manche haben Verse mit metrischen Unregelmässigkeiten. Komisch wirkende Inversionen (zum Beispiel ›Ich jetzt wohl zu rein nichts mehr tauge‹) und den Wohllaut störende Vokalauslassungen (zum Beispiel ›Dek'ration‹, ›komm'nden‹) machen den Eindruck eines unbeholfen dilettantischen Dichtens.«

33 Beispiele dieses »unbeholfen dilettantischen Dichtens« möchte ich Ihnen auf den folgenden Seiten vorstellen. (Die Gedichte 1 sowie 3 bis 7 sind frühe, alle

anderen späte Gedichte.) Meine These: Schuld an der Missachtung des Lyrikers Robert Walser ist nicht dessen poetische Unzulänglichkeit, sondern der in grotesker Weise traditionalistisch bornierte poetische Horizont seiner Kritiker: Wer »gehobene Gefühlslage und Sprache«, »Wohlklang« und »metrische Regelmässigkeit« zum Kriterium für die Poetizität eines lyrischen Gebildes macht, der, fürchte ich, ist in seinen Lyrikstandards über die Positionen eines Emanuel Geibel, eines Hans Carossa oder eines, last and least, Erich Goldmund nie hinausgekommen.

Diese Publikation beruht auf einem Rezitationsprogramm mit 33 Robert Walser-Gedichten, das der Autor 2006 für einen Walser-Abend im Literaturhaus Berlin zusammengestellt und dann unter anderem auf Einladung der Literaturinitiative Arena in Riehen/Schweiz und bei der Jahrestagung 2007 der Robert Walser-Gesellschaft in Stuttgart vorgetragen hat.
Der Anregung der Robert Walser-Gesellschaft, aus dem ursprünglich allein fürs Ohr bestimmten Programm ein Büchlein zu machen, also auch seine kurzen Anmerkungen und Überleitungssätze schriftlich festzuhalten, ist der Autor gern, wenn auch mit einigen Skrupeln, gefolgt. Das Wegfallen der ihm lieben Möglichkeit, via *Stimme* zu argumentieren, kann durch gelegentlich in den Text eingestreute Tips für Vorleser nicht wettgemacht werden. Ob, was als Moderationstext gedacht war, der Verschriftlichung wirklich standhält, steht ebenfalls dahin. Veritable Gedichtanalysen dürfen die Lesenden jedenfalls nicht

erwarten. Einzelne Beobachtungen, exemplarische Hinweise müssen genügen. Das Bändchen erfüllt jedoch seinen Zweck, wenn es dazu beiträgt, für die sträflich missachtete Produktion des »Gedichtelidichters« Robert Walser mehr Aufmerksamkeit zu schaffen.

Autor und Verlag danken der Robert Walser-Stiftung Bern und der Robert Walser-Gesellschaft für die freundliche Unterstützung dieser Publikation.

# Dreiunddreißig Gedichte

## 1. ABENDLIED

Es gehen noch wenige Leute umher,
ein einzelner noch, dann keiner mehr.

Es möchte sich legen auf Haus und Flur
so etwas wie Müdigkeit der Natur.

Es lächelt so fein um Baum und Baum.
Das Lächeln jedoch unterscheidet man kaum.

Was doch ein Windlein armselig ist,
das noch am Abend die Welt bemißt.

Mich kommt ein Zögern und Schlafen an;
ich betrachte nur noch den ernstesten Mann,

den Mond, der sehr an Bedeutung gewinnt,
sobald die Sonne der Welt entrinnt.

### *Die Bedeutung des Monds*

Die minimale Abweichung dieses frühen Gedichts vom zeittypischen neoromantischen Abendstimmungslied beruht auf dem ironischen Kalkül, mit dem aus dem lyrischen Kanon stammende Reizwörter, statt ein weiteres Mal als Stimmungsstimuli durchgespielt und bestätigt zu werden, durch subtile Trivialisierung poetisch desavouiert werden.

Indem dem Mond bescheinigt wird, dass er unter naheliegenden Umständen »sehr an Bedeutung gewinnt«, wird das Wort »Bedeutung« gerade nicht mit Bedeutung aufgeladen, sondern es wird ihm *diese* Bedeutung (die poetische »Bedeutsamkeit«) zugunsten einer banalen anderen (der prosaischen »Wichtigkeit«) entzogen: Die Schlussstrophe tut so, als argumentiere sie pro Mond. Und in der Tat ist, was vorgetragen wird, schlechterdings nicht zu bestreiten. Allerdings ist es auch unüberbietbar selbstverständlich und also bodenlos leer.

Die Botschaft des »Abendlieds« ist, dass der Mond, wenn die Sonne weg ist, an Wichtigkeit zulegt. Diese Botschaft knipst den Mond poetisch nicht an, sondern aus. Einen solchen »ernstesten Mann«, fällt das Gedicht in schönem Unernst sich selbst und allen jenen zeitgenössischen Versen ins Wort, die den Mond noch immer für nicht hinreichend besungen halten, den kann man doch als Vehikel von Poesie nicht mehr ernstnehmen heute.

Dem »Zögern und Schlafen«, das den Sprecher in der vorletzten Strophe »ankommt«, werden wir noch einige Male in Walsers Gedichten begegnen: Es handelt sich um ein poetisches Manöver, das mit der Möglichkeit spielt, dem Text ganz plötzlich von innen den Strom abzudrehn.

## 2. HERBST (I)

Leise kommt der Herbst herbei,
als wär' es ihm einerlei,
wann er komme, wann er gehe
und entstehe und verwehe.

Hie und da fällt schon ein Blatt,
das nicht Müh' im Sinken hat.
Von dem Baume Niederfallen
ähnelt einem kind'schen Lallen.

Braune Augen hat das Kind,
dem die Zeil'n gewidmet sind,
die ich sanft hier niederschreibe,
währ'nd ich mir die Augen reibe.

Denn im Herbste schickt es sich,
da der schöne Sommer wich,
auszusehn, als wenn man eine
melanchol'sche Träne weine.

Ein – späteres – Gedicht, das alle Ingredienzien eines Herbstgedichts aufbietet, um daraus ein Herbst*inszenierungs*gedicht zu machen. Es hört damit nicht auf, ein Herbstgedicht zu sein. Nur ist es nicht mehr der »Naturherbst«, um den es da geht, sondern ein artifiziell verfertigter, sozusagen ein »Kunstherbst«. Angesichts des Herbsts Melancholie fingieren zu müssen, der Verlust der Fähigkeit zu spontaner Melancholie, löst eine Melancholie zweiten Grades aus – Metamelancholie.

»Denn im Herbste schickt es sich, / … / auszusehn, als wenn man eine / melanchol'sche Träne weine.« Aufs spöttische Liebäugeln mit der aparten Gedichtbühnentechnik der »lacrima ex machina« stossen wir öfters bei Walser. An der Träne, die, um den gewünschten Melancholieeffekt herauszuwirtschaften, dem Auge durch äussere Stimulierung entlockt werden muss, wird zum Beispiel auch in Gedicht 31 gearbeitet, das die Übersetzung melancholischer Verse Paul Verlaines antäuscht. Dort allerdings mag sich der Dichter beim Herauskitzeln der Theaterträne nicht mehr aufs blosse Augenreiben verlassen. Er bittet vielmehr sein Publikum, ihm zwecks Stärkung der Schluchzkraft gefälligst ein Hilfsmittel, ein Traurigkeitsviagra, zukommen zu lassen: »Gebet eine Zwiebel mir, / dass die Träne mir auch träne, / die einst unsrem Paul Verlaine / rinnelt' auf das Schreibpapier.«

## 3. BRAUSEN

Es braust noch immer in der Welt,
das Brausen hört doch niemals auf;
ich liebe – niemals hört es auf,
es braust ein Lieben durch die Welt.

Und ob ich auch ein Feigling bin
und ob du auch ein Kranker bist:
du liebst, wenn du es auch nicht bist,
der liebt, ich liebe, wenn ich's auch nicht bin.

Es braust, und ich steh' horchend still,
ich weiß, ich hasse den und den,
es nützt mir nichts; wie ich auch will:
ich liebe alles, so auch den.

Dann gibt es Stunden, wo ich weiß,
daß wir vor Liebe alle heiß.

Die Pointe dieses Gedichts ist, dass auf der einen Seite ein überindividuelles Liebesbrausen behauptet wird, ein Brause-Es, eine Art poetisch-erotischer Elan vital, dass aber auf der anderen Seite das lyrische Ich – die Instanz, die behauptet, es brause, und ferner behauptet, von diesem Brausen selber ergriffen, Teil dieses Brausens zu sein – durch seine Reflexion über das Brausen dieses sukzessive so weit zersetzt, dass es zwischenzeitlich, am Ende der zweiten Strophe, fast zum Erliegen kommt. Metrisch wird der Brausestop dadurch realisiert, dass die sieben Verse lang ungestört dahinbrausenden vierhebigen Jamben plötzlich durchs Einfügen eines fünften Jambus mit Tonwechsel ins Stocken geraten, beinahe stillstehn.
Der Gipfel der Ironie ist erreicht, wenn sich das lyrische Ich (wir könnten auch simpler sagen: der Sprecher) mit den – von der Sache her ganz und gar kontraindizierten – Mitteln der logischen Beweisführung ins Liebesbrausen zurückzuargumentieren versucht: »Brausen bedeutet: Ich liebe *alles*. Der, den ich hasse, ist *Teil* dieses ›alles‹. Also, *ergo*, liebe ich auch den. Quod erat demonstrandum.« Der Schluss geht aber nach hinten los: Statt reinstalliert zu werden, wird das Liebesbrausen vollends aufs Komischste demontiert, dementiert.

## 4. WARUM AUCH?

Als nun ein solcher klarer
Tag hastig wieder kam,
sprach er voll ruhiger, wahrer
Entschlossenheit langsam:
Nun soll es anders sein,
ich stürze mich in den Kampf hinein;
ich will gleich so vielen andern
aus der Welt tragen helfen das Leid,
will leiden und wandern,
bis das Volk befreit.
Will nie mehr müde mich niederlegen;
es soll etwas
geschehen; da überkam ihn ein Erwägen,
ein Schlummer: ach, laß doch das.

*Einfach zu müd*

Dieses Gedicht zeigt, welchen ganz anderen Weg Robert Walser als Lyriker auch hätte einschlagen können: den des Tendenzdichters nämlich. Es zeigt aber auch, was Walser und uns dann doch davor bewahrt hat. Das Projekt des Dichters, sich unermüdlich für die Befreiung von Volk und Welt einzusetzen, scheitert gottseidank zeitig daran, dass sich der Dichter als schon durchs Denken solch hehrer Gedanken überaus rasch ermüdlich erweist.

Schon in Gedicht 1 kam den Sprecher plötzlich »ein Zögern und Schlafen« an. Wir werden auf die poetische Strategie der Selbstdurchkreuzung des Texts durch komponierten Einbruch von »Schlummer« ins Gedicht noch mehrfach stossen bei Walser. Tip für Vorleser: Beim Wort »Schlummer« gähnen!

## 5. HEIMKEHR (I)

An meinen Wangen brennt es heiß,
auf meiner Lippe bebt es noch,
weil ich mein Herz ihr übertrug
zum Sprechen; alle Sprache war
voll Irrtum und Befangenheit,
ein Übermut, ein jäher Klang.
So war mein Sprechen, ach, dies zeigt
sich auf der roten Wange noch,
die ich nach Hause trage jetzt.
Ich senke meinen Blick zum Schnee
und geh' vorbei an manchem Haus,
an mancher Hecke, manchem Baum,
der Schnee ziert Hecke, Baum und Haus.
Ich geh' vorbei, den Blick zum Schnee
gesenkt, an meiner Wange ist
nichts, als erinnerungsheißes Rot,
mich mahnend an die wüste Sprach'.

### *Vorlaute Lippe*

Es spricht der Sprachskeptiker Walser. An der Gedichtoberfläche sehen wir den Dichter mit brennender Backe auf dem Heimweg: Er hat sich offenbar eine Ohrfeige eingefangen – seis von einer Verehrten, der er sich zu forsch genähert, seis von einem Chef, demgegenüber er einen zu aufmüpfigen Ton angeschlagen hat.

Das eigentliche Problem ist aber, dass der Lyriker, wie sich zeigt, sein »Herz« nicht ungestraft seiner »Lippe« übertragen kann »zum Sprechen«. Probiert er's doch, dann kommt alles Mögliche zwischen »Irrtum« und »wüster Sprach‹« heraus dabei, nicht Poesie. Mit dem Abfüllen von Gefühlen in die Gefühle zum Nachempfinden rumreichende Verse hat Poesie nichts zu tun.
Auf den Punkt gebracht hat das Problem schon Cordelia, König Lears Tochter in Shakespeares Tragödie. Aufgefordert, ihre Liebe zum Vater in schöne Worte zu fassen, sagt sie den Satz, der ins Stammbuch jedes Lyrikers gehört: »Ich Unglücksel'ge, ich kann nicht mein Herz/auf meine Lippen heben.« Vom Publikum honoriert wird solch mustergültiger Sprachzweifel selten. Auch Cordelia wird für ihre Absage an den Herzerguss, an Stimmungs- und Erlebnislyrik von ihrem ästhetisch tauben Vater mit einer schallenden Ohrfeige – Enterbung, Verstossung – belohnt. Verteidigt wird sie vom Earl of Kent, was Robert Walser bei seinem Entschluss, diesen für einen Auftritt in Gedicht 26 zu engagieren, positiv beeinflusst haben dürfte.
Besser als die vorlaute Lippe tut der Schnee seinen Job. Poetologisch wird er für Walser eine zentrale Rolle spielen (Gedicht 24). Hier hält er sich noch im Hintergrund. Und doch: Dreimal, an exponierter Stelle, empfiehlt er sich dem »gesenkten Blick« bereits als künftiger Gegenspieler des auffahrenden Worts.

## 6. WEINENDEN HERZENS

Ich fühle tausend Dinge, wenn
ich an dich denke, Jesus.
Heiß wird mir, denn
dein Name ist ein verwirrender Kuß.

Du stehst noch immer im Schnee
und starrst, was die Armen wollen,
die Armen, die dir so weh
getan haben sollen.

Das taten jedoch nicht sie,
das Schauerliche deines Tods,
jene Einsamen, nein, nie!
Das tat ein betrunkener Trotz.

Das taten rohe Gesellen,
die an Verkommenheit reich.
Die Armut hat mit den Quellen
deines Bluts nichts gemein, nichts gleich.

Ich will unter Armut verstanden
haben ein stilles Weh,
Menschen, die außer den Banden,
der Tat, hingestreut, weich, wie Schnee.

Und starrend licht wie derselbe,
und Jesus sieht ihnen zu,

noch heute, seine gelbe
helle Haarwelle flattert ohne Ruh'.

Bisweilen kommt es dahin,
daß Jesus noch einmal lacht,
zärtlich, und mit wunderbarem Sinn
und beruhigend wie eine Nacht.

Am Morgen sind dann im Schnee
von ihm noch Fußstollen.
Er gehört den Armen, die ihm so weh
getan haben sollen.

## *Zweierlei Arme*

Dies sind nun also die Verse, in denen Josef Viktor Widmann damals den »unmöglichen« Reim »Jesus/Kuss« entdeckt hatte (vgl. Einleitung).

Wolfram Groddeck hat über dieses Gedicht und seine schräge Komik, die klingt, als sei sie unfreiwillig, aber höchst kalkuliert ist, vor ein paar Jahren am Deutschen Seminar der Universität Basel eine schöne Vorlesung gehalten. Die Modernität des Gedichts beruht Groddeck zufolge darauf, dass es keine dem Verfasser schon *vor* dem Verfassen des Gedichts zu Gebote stehenden Vorstellungen mitteilt, sondern seinen »Inhalt«, seine Textur, erst im Verlauf seiner Entstehung gewinnt, während des Prozesses seiner sukzessiven Fertigung mit Hilfe sprachassoziativer Verfahren. Sehr wohl möglich, dass zum Beispiel »die Armen« ihren Auftritt in dem Gedicht einfach »den Armen« des gekreuzigten Christus am Kreuz verdanken: dass die dem Mann »so weh/getan haben sollen«, ist ja nur allzu plausibel.

## 7. WIE IMMER

Die Lampe ist noch da,
der Tisch ist auch noch da,
und ich bin noch im Zimmer,
und meine Sehnsucht, ah,
seufzt noch wie immer.

Feigheit, bist du noch da?
und, Lüge, auch du?
Ich hör' ein dunkles Ja:
das Unglück ist noch da,
und ich bin noch im Zimmer
wie immer.

### *Jawohl, der Laut ist daaaa*

Das Gedicht »Wie immer« lässt sich als Tonmitschnitt der Geburtsminute des Lautgedichts lesen bzw. hören. Wir sind in dem Augenblick dabei, in dem aus dem Dinggedicht das Lautgedicht entsteht: Die Entscheidung darüber, ob die von Wörtern wie »Lampe« und »Tisch« bezeichneten materiellen und die von Wörtern wie »Sehnsucht«, »Feigheit«, »Lüge« und »Unglück« bezeichneten immateriellen Gegenstände tatsächlich *da* sind, ob also die Sätze, die dieses Dasein behaupten, *wahr* sind, emanzipiert sich gewissermassen von der glückenden oder scheiternden Referenzbeziehung zwischen Wort und Gegenstand. – Wenn wir den Satz »Die Lampe ist noch daaaa« von einer, sagen wir, Jandl-Stimme ausgesprochen hören, dann glauben wir, dass er wahr ist, einfach deshalb, weil das Wort »daaaa« oder, genauer ausgedrückt, der es dominierende Laut »aaaa« so eminent »daaaa« ist. Wie eine Sache, wie ein schwerer Tisch steht dieses wuchtige »aaaa« im Raum. Der »wirkliche« Tisch und mit ihm Lampe und Unglück sind zwar »auch noch« da, aber die Gegenstände treten als Nebensachen hinter die Hauptsache Laut zurück.

Das Dasein des Lauts, und nicht, wie früher, das Dasein der Dinge verbürgt das wie immer prekäre Dasein des Sprechers.

## 8. ES ZEICHNET SICH DER WINTER DADURCH AUS

Es zeichnet sich der Winter dadurch aus,
daß an den Bäumen kahle Äste sind.
Vor seiner Mutter hat Respekt das Kind.
Man bleibt so viel wie möglich hübsch zu Haus.

### *Nichts stimmt*

Was macht diesen Vierzeiler so »irre«? Seine ihn in die Nähe des ganz späten Hölderlin rückende Schein-Simplizität. Dass nichts darin »stimmt«.

Falsch ist schon die Rede von den Bäumen, *an* denen im Winter kahle Äste seien: Walser bzw. der Sprecher des Gedichts verwechselt zwei unterschiedliche Begriffsebenen und klebt einen Baum*teil*, den Ast, der nur an einem anderen Baum*teil* (dem Stamm) sein kann, an den das Baumganze bezeichnenden Begriff »Baum«, als sei der Baum ein Baumteil unter anderen.

Die Falschheit dieser Baum-Ast-Verklebung fungiert als antizipierende Metapher für die Verkehrtheit der in Vers drei thematisierten Beziehung zwischen zwei Menschen: Nichts falscher (und »kahler« und winterlicher) als eine Kind-Mutter-Beziehung, die auf »Respekt« reduziert ist.

In dieser Perspektive büsst auch der Schlussvers seine ganze gespielte Harmlosigkeit ein: »Man« hat in diesem Winter nur die Wahl, entweder ins Freie zu gehn und physisch, oder »hübsch zu Haus« zu bleiben und, in der Nähe der Respekt gebietenden Gefriertruhe Mutter, seelisch zu frieren.

## 9. WILL EINE FEINE FRAU MAN SEIN

Will eine feine Frau man sein,
so darf man nicht ermatten,
Mitleid zu haben mit dem Gatten,
man muß ihn schätzen, einerlei,
ob Sonnenschein sein Wesen sei,
ob Schatten.

Will man ein artig Männlein sein,
so muß man seine Gattin loben,
und sei sie noch so sehr verschroben.
Gleichviel, ob Mann, ob Frau man heißt,
wer, was ihm nahsteht, runterreißt,
dem fehlt's im Oberstübchen oben.

### *Männlein mit Impulsdurchbruch*

Noch ein Beziehungsgedicht, in dem nichts »stimmt«. Ein dubios neutral sich gebender Sprecher trägt hanebüchene Anweisungen für den Umgang von Eheleuten miteinander vor. Man muss zu uneingeschränktem Wohlverhalten, striktem Verzicht auf die geringste Kritik am andern bereit sein, wenn man eine brave Gattin, ein braver Gatte sein will. Und etwas anderes kann man gar nicht sein wollen. Davon geht die Rede des falschen Eheberaters aus. Deshalb wirkt sie so gespenstisch und gleichzeitig komisch.

Zwischen der braven Gattin und dem braven Gatten gibt es ein Würdegefälle. Eine »feine Frau« sein wollen kann man (wenn auch kaum zu den hier gebotenen Konditionen). Ein »artig Männlein« sein wollen kann man nicht. Es sei denn, man wäre immer noch das wohldressierte Kind aus Gedicht 8: »Vor seiner Gattin hat Respekt das Kind.«

Der Sprecher IST dieses Kind. Die neutrale Beraterrolle ist Maskerade. In den Schlussversen kommt impulsdurchbruchartig die mit dem Dauerappell zur Bravheit kaum noch in Schach haltbare Wut des braven Kinds ans Licht. Nicht das leiseste Widerwort darf sein: Es würde – dies die Angst des Kinds – sogleich anschwellen müssen zur »Runterreiss«sturzflut. Während der Sekunden, in denen der Sprecher im Wort »runterreisst« schwelgt, agiert er (Tip für Vorleser: Ekstatisch brüllen!) die Runterreissphantasie aus. Zur Strafe wird er postwendend von sich für verrückt erklärt.

Die Komik der Schlussverse hat, wie häufig bei Walser, mit der Schere zwischen wörtlicher und übertragener Redebedeutung zu tun. Was wörtlich gesagt wird, verleiht dem, was »gemeint« ist, eine absurde Scheinplausibilität. Dass, wenn man etwas »runter«reisst, dann »oben« etwas (nämlich das Runtergerissene) »fehlt«, ist, wenn man die Sache bloss als Vorgang im Raum betrachtet, schlechterdings nicht zu bestreiten.

## 10. ALLEIN

Im hübschen und gefäll'gen Frei'n
fragt' mich ein kleines Mädelein:
»Willst du mein lieber Bräut'gam sein?«
»Ich liebe nicht die Sorgen groß und klein«,
erwidert' ich ihr zart und fein,
»im übrigen hab' ich ein Herz aus Stein
und sage daher flink dir nein.«
Wie schaut' erstaunt das Mädchen drein!
Die Äuglein lauter Sonnenschein,
und was für nette Arm' und Bein'.
Es scheint, daß jedes für sich selbst will sein.

### *Jedes für sich*

Und noch ein drittes »Beziehungsgedicht«, und zwar eines, das merkwürdig mehrdeutig endet: »Es scheint, dass jedes für sich selbst will sein.« Wer oder was ist mit »jedes« gemeint? Jedes der beiden, die da reden zusammen? Aber da wäre der Satz im Hinblick auf das kleine Mädchen schlicht eine Lüge. »Für sich selbst sein« will es ja gerade nicht – anders als der Sprecher, der ihm drum »nein« sagt.

Es bietet sich an, »jedes« wörtlich zu nehmen und also nicht nur auf die beiden Liebenden bzw. die Liebende und den Nichtliebenden zu beziehen, sondern tatächlich auf jedes Ding, jeden Gegenstand in der Welt. Also zum

Beispiel auch auf die unmittelbar vor dem Schlussatz genannten »Bein'«, »Arm'« und »Äuglein« des Mädchens. Eine Horrorvision: Auf einen Schlag sehn wir einen »netten« Körper in seine Glieder zerfallen.
Ein äusserst beunruhigender dissoziativer Furor wohnt der Vorstellung, »dass jedes für sich selbst sein will« inne. Die Gegenbewegung zu dieser (selbst)destruktiven, parzellierenden, atomisierenden Kraft ist nun aber eine *formale*, nämlich der *Reim*. Elfmal (wenn wir den Titel mitzählen: zwölfmal) kehrt in diesem Gedicht der gleiche Reim wieder – und es endet just in dem Augenblick, in dem der *fortgesetzte* Reim erstmals ein *identischer* ist: »sein«, das Schlusswort des letzten Verses, war auch das Schlusswort der Schlüsselfrage »Willst du mein lieber Bräut'gam sein?« (Vers 3).

## 11. DEN LYRIKERN EMPFEHL' ICH DRINGEND

Den Lyrikern empfehl' ich dringend,
sich dem Zwang des Reims zu unterziehen,
weil sie, auf den Pegasus sich schwingend,
gern der Sittsamkeit entfliehen.

Liegt nicht an sich schon in einem Reim,
weil er zweimal in den Ohren läutet,
übrigens eine Obliegenheit bedeutet,
irgendwelcher ideeller Keim?

Wenn du flüchtig denkst an einen Dichter,
der nicht gern andauernd sitzt daheim,
gehst du mit der Folgerung: »Gelichter«,
sicherlich nicht auf den Leim.

Alles Reimen bildet einen Trichter,
einen Engpaß für den Schaffensdrang.
Weinen unsre dicht'rischen Gesichter,
wenn der Klang mißlang?

### *Reimen als sittliche Tat*

Wie nun? Ist es korrekt, beim Gedanken an den Dichter »Gelichter« zu folgern, ihn also unter »Gesindel« zu rubrizieren? Die Antwort hängt davon ab, was es heisst, dass man »mit der Folgerung ›Gelichter‹ nicht auf den Leim« geht.

Es läge nahe, beim Reim das erste Reimwort (hier »Dichter«) als »Leim« zu verstehen, an dem das zweite Reimwort (»Gelichter«) kleben bleibt. Dann ginge man aber mit der Folgerung »Gelichter« sehr wohl (und keineswegs *»nicht«*) auf den Leim. Im übertragenen Sinn heisst »auf den Leim gehen« »ausgetrickst werden«. Würde das Gedicht behaupten, mit der Folgerung »Dichter – Gelichter« *gehe* man auf den Leim, dann würde das heissen, dass man mit dieser Folgerung in eine vom Reim gestellte Falle gehen und dem Dichter Unrecht tun würde. Behauptet wird aber umgekehrt, mit der Folgerung gehe man *»nicht* auf den Leim«. Wer an »Gelichter« denkt beim Wort »Dichter«, der ist also nicht reingelegt worden vom Reim, sondern hat recht. Schlimm. Aber so ist er, scheint's, der Dichter.

Auch der Sprecher des Gedichts? Gehört auch er zum Gelichter?

Nein, mit dieser Folgerung würden wir dem Dichter auf den Leim gehn. Er trickst, zieht sich am eignen Schopf aus dem Gelichter-Sumpf. Einfach, indem er selber der Empfehlung folgt, die er den Lyrikern gibt. Dem Verdacht, auch er wolle »auf den Pegasus sich schwingend, gern der Sittsamkeit entfliehen«, entgeht er, indem er sich, ohne zu zögern, »dem Zwang des Reims« unterzieht. Der aber, »weil er zweimal in den Ohren läutet«, läutert. Wer reimt, handelt aus Pflicht, also sittlich. Gelichter täte das nie.

Die dem Reim zu verdankende Folgerung »Dichter:

Gelichter!« hebt sich, indem sie in Reimform vorgetragen wird, selber auf. Da a) Gelichter unsittlich handelt, b) Reimen sittliches Handeln ist, ist c) Gelichter, das reimt, logisch unmöglich.

## 12. SETZ AN DEN TISCH DICH, LIEBER DICHTER

Setz an den Tisch dich, lieber Dichter, und berichte
heute vom Gelichter,
das angesichts der allerschöneligsten und -liebsten
Frau'ngesichter
sich belauert und prügelt, o, wie alle diese tapferen
Vaganten
mit Schwertern und mit Speeren munter gegeneinanderrannten,
sich mit den denkbar ärgerlichsten Titeln schmückten
und benannten,
sorgfältig sich kaputtzumachen auf das Eifrigste entbrannten.
Fürchterlich war, wie die Bewehrten die Entwaffneten
entmannten,
was wunder, wenn die Zuschauerinnen ihre Augen abseits wandten.
Ruhmreiche bildeten ein zornig-zitternd-prächtiges Gewühl mit Ungenannten.
Einige sahen phantastisch aus wie Elefanten.
Mütterchen, Töchter, Schwestern, Nichtelchen und
Tanten
spielten bei diesem Spiel die Bezauberten, Gebannten,
beklagten, was da taten die Gediegenen und Galanten.
Hast du den Mut, in solchen Themas Abgrund hinzusinken, Dichter?

Der Reim »Dichter/Gelichter« hat es Walser angetan. Gerade eben sind wir ihm im den Reimzwang empfehlenden Gedicht 11 begegnet. Jetzt wird er uns, gleich zu Gedichtbeginn, als Binnenreim präsentiert. Diesmal allerdings ist es klar: Das Gelichter, das sind die anderen: Ein Ritterhaufen, der sich, um bei den Frauen Eindruck zu schinden, elf Verse lang eine ebenso wüste wie komische Schlägerei, ja, Schlachterei liefert. Wunderbar, auf Breitwand dieses »zornig-zitternd-prächtige« Hollywood-Gewühl miterleben zu dürfen, in dem »alle diese tapferen Vaganten« nichts als das eine im Sinn haben: »sorgfältig sich kaputtzumachen«.

*Formal* tut der »Abgrund«, von dem da im Schlussvers die Rede ist, dadurch sich auf, dass der Reim a (»Dichter«, »Gelichter«, »Gesichter«) urplötzlich verschwindet, versinkt, um einem Reim b Platz zu machen (»Vaganten«, »rannten«, »benannten«, »entmannten« usw. usf.), der fast unendlich oft, nämlich genau elfmal, wiederholt wird – und erst, wenn auch der letzte Leser/Zuhörer den a-Reim gründlich vergessen hat, taucht dieser mit dem Schlusswort »Dichter« auf einmal aus dem Abgrund wieder auf.

## 13. DIE FÜNF VOKALE

Als ich zum ersten Mal die Sanfte sah,
standen wir uns in jeder Weise nah,
sie glich für mich dem himmelblauen A.

Da kam ich eines Tages in die Näh'
einer liebreizenden, graziösen Fee,
in ihr macht' ich Bekanntschaft mit dem E.

Nie dacht' ich treulos sein zu können, nie;
umsonst fragt' ich mich tausendfältig: »Wie
ist's möglich? Mahnt an Poesie nicht I?«

Wie kam ich lieblos, unachtsam und roh
mir vor, das Zartgefühl der Liebsten so
zu kränken, wie sich's schickte für ein O!

Ich sagte zur Imstichgelassnen: »Du,
mit deinen Ansprüchen, laß mich in Ruh'«,
gebärdete mich ganz und gar wie U.

## *Dreieck mit Dreireim*

Das Gedicht »Die fünf Vokale« praktiziert einen Sonderfall des fortgesetzten Reims, den *Dreireim.* Jedem der fünf Vokale a, e, i, o, u gehört eine aus drei Versen bestehende Strophe. Das Gedicht ist zugleich eine wundervolle Persiflage der symbolistischen Mode, die Vokale zunächst mit Farben in Zusammenhang zu bringen, dann mit Metaphysik aufzuladen. Am Anfang dieser Überhöhungsstrategie stehen die berühmten »Voyelles« von Rimbaud, von denen hier die ersten zwei Verse in der Übersetzung von Thomas Eichhorn zitiert seien:

»A schwarz, E weiss, I rot, U grün, O blau: Vokale,
Einst geb ich euren dunklen Ursprung wieder.«

Bei Robert Walser ist dieser Ursprung aber gar nicht dunkel, sondern »konkret« und zauberhaft sinnfrei, wobei der Nonsens die Folie ist, um abermals ein Beziehungsgedicht, ein erotisches Dreieck, zu skizzieren.

## 14. RITTERROMANTIK

Ein Ehepärchen stand an eines zack'gen Felsens Rand,
der Ritter hielt umklammert seinen Gegenstand
der Schand.
»Wir stürzen uns gemeinsam nun von dieser hohen
Wand,
die Aussicht uns gestattet in das duftumwobne Land,
hinunter in des tiefen Abgrunds wunderlichen Tand.«
»Hoffentlich fallen wir auf nichts als sammetweichen
Sand«,
geistreich und nett zu sagen sie auch jetzt den Mut noch
fand.
Die leichte Äußrung ihn sogleich zur Höflichkeit ver-
band,
besänftigt gab der Ritter seiner lieben Frau die Hand.

Und gleich noch ein Beziehungsgedicht. Und wieder, wie im vorletzten Text (Gedicht 12), die Ritterthematik. Formal ein weiteres Beispiel für – hier neunfach – fortgesetzten Reim. (Zählt man den Binnenreim »Gegenstand« im zweiten Vers mit, wird sogar zehnfach gereimt.) Beziehungsgedicht? Ritterthematik? Was für ein Unfug! Die Komik dieses Gedichts beruht vielmehr darauf, dass kein Detail darin – kein Wort, kein Satz, keine Assoziation, keine Replik im »Dialog« des »Ehepärchens« – zu den anderen Details und zu der Situation, die das Gedicht zu beschreiben vorgibt, passt. Jede sprachliche Äusserung darin verfehlt jeden Aspekt der fiktiven aussersprachlichen Realität, die Thema zu sein scheint, nahezu komplett. Jedes neue Detail verselbständigt sich sofort gegenüber dem Kontext, in den es vermeintlich eingebettet ist, und führt diesen dadurch aufs Erheiterndste ad absurdum.

## 15. DIE ABENTEUERLICHE MAUS

Sie zeichnete sich früh durch Anmut aus,
ihr Antlitz war sehr fein, ihr Haar war kraus,
man überraschte sie ein's Tags in einem Haus
am Naschen, doch sie macht' sich nicht viel draus,
sie glich in mancher Hinsicht einer Maus,
lebte zeitweis in lauter Saus und Braus,
hierorts warf man sie Knall auf Fall heraus,
anderwärts wieder saß sie froh beim Schmaus,
plötzlich erlaubte sie sich eine läng're Paus',
als sei sie eine in sich ruhnde Laus.

### *Drei, vier Lebenszeitalter*

Ein Selbstporträt des Dichters als Maus und Laus. Rekapituliert wird ein Leben, in dem es etappenweise bergab geht. Da der Biograf verstechnisch wieder auf fortgesetzten Reim setzt, kann er die unerbauliche Vita *rasch* Revue passieren lassen: Sobald ihm die Reime ausgehen, ist sie zu Ende.

Drei Lebenszeitalter der Maus sind unterscheidbar: Am Anfang das goldene, in dem ihr »Anmut« gegönnt ist. So nobel mutet das Mausgesicht an in dieser nur anderthalb Verse langen Epoche, dass zu seiner Kennzeichnung die Edelvokabel »Antlitz« bemüht werden muss. – Es folgt ein abwechselnd silbernes und ehernes Zeitalter: Silbern, solang man dort, wo sie schmarotzt, grosszügig duldet, dass die Dichtermaus mitschmaust. Ehern, wenn sie beim Naschen ertappt und vor die Tür gesetzt wird. Durch »Anmut« allerdings, gar ein »Antlitz« zeichnet die Nagerin auch in den silbernen Phasen ihres unnütz verlaufenden Daseins sich längst nicht mehr aus. – Schliesslich das letzte, das eiserne, das lausige Zeitalter. Sogar zum geselligen Schmarotzen fehlt es der Maus jetzt an Kraft. Mit der Existenz als Laus ist ihr Leben zum Stillstand gekommen. Die »läng're Paus'« ist ein Euphemismus: Nichts geht mehr weiter danach.

Zu einer für Walser typischen Begriffsfriktion führt der Titel. Da wir ihn gelesen haben, wissen wir vom ersten Wort des Gedichts an: Die »Sie«, von der gesprochen wird, das ist eben »die Maus«. Vers 5 sagt demnach: Die Maus »glich in mancher Hinsicht einer Maus«. Bizarr genug. Aber, Hand aufs Herz: Wer gleicht schon, wenn er unvoreingenommen darüber nachdenkt, dem Gattungsbegriff, unter den er fällt, mehr als »in mancher Hinsicht«? Ist ein beliebiges Exemplar Mensch in *jeder* Hinsicht ein Mensch?

## 16. SCHON WAR ER SICH BEWUSST

Schon war er sich bewußt, er sehe,
wie's leise mit ihm abwärtsgehe,
unangenehmer mit ihm stehe.
Mit Augen wie bei einem Rehe
sah er sie an, wie wenn er flehe,
die ihn umgaben in der Nähe,
sie bildeten sich ein, er spähe
nach irgendeines Wunders Nähe,
als es ihm war, als ob er stehe
vor irgendeines Abgrunds Jähe,
sie gläubelten, daß etwas Schön's geschähe
das anzukünd'gen er verschmähe.

### *Rehaugen-SOS*

Und nun ein Gedicht, dessen Anfangsverse gut als Motto über unserer Auswahl von Robert Walser-Gedichten stehen könnten: »Schon war er sich bewusst, er sehe, wie's leise mit ihm abwärtsgehe …«

Der Text ist ein Lehrgedicht über eine, neudeutsch gesagt, »missglückte Kommunikation« zwischen dem Dichter und den Menschen seiner Umgebung. Der Dichter registriert: Er ist dabei, in ein Loch zu fallen.

Die Katastrophe ist a) schon da und wird b) gleich eintreten. Sie vollzieht sich »leise«, nahezu lautlos: Der Dichter schweigt. Allerdings sendet er einen aussersprachlichen Notruf aus, indem er »Bitte helft mir!« signalisierende Rehaugen macht. »Bitte helft mir!« signalisieren sollende Rehaugen vielmehr. Die Message kommt bei den Empfängern nicht an. Sie missverstehen das Schweigen und den glasigen Gesichtsausdruck des als notorischer Reimer bekannten Mannes als Zeichen einer ihm just in diesem Augenblick zuteil werdenden poetischen Eingebung: »Klar hockt der stumm da und schaut so komisch: In dem dichtet es halt.« Was allenfalls ein bisschen wurmt, ist, dass er mit dem Schönen, das ihm widerfährt, so hinter dem Berg hält.

Tut er schlussendlich ja gar nicht. Die Pointe des Gedichts ist, dass die dem Befund des Dichters, dass es »unangenehmer mit ihm stehe« sich verschliessende, die Not des Dichters flott ignorierende Erwartung des Publikums, dass »etwas Schön's geschähe«, tatsächlich erfüllt wird: Oder ist es etwa nicht schön, das Gedicht, das wir hier lesen?

## 17. ICH KÖNNTE MICH VERANLASST SEHEN

Ich könnte mich veranlaßt sehen,
an meinem Leichenhemd zu nähen.
Mein Fräulein, dieses zu verstehen,
müßten Sie sich ein bißchen verdrehen.
Sie sahen noch nie die Winde flehen
und hörten noch nie die Liebe stockstillstehen,
wir lieben es nicht, wenn die Winde wehen,
wenn aber der Schnitter beginnt zu mähen,
o, wenn ihn alle ein bißchen besser sähen.
Nach einem schönen Sarge will ich spähen,
der soll mich bis in den Sternenhimmel blähen.
O, wie rollen
jetzt meine wundervollen
dichterischen Augen ob dem Zeug, dem tollen,
das aus der Feder mir hat quillen sollen.

Ja, da hat er recht, der Dichter: Es ist wirklich ein dolles Ding, das er da in der ersten Strophe seines Gedichts herauslässt, zu der er dann in der zweiten Strophe auf begeisterte Distanz geht. Von zwei Strophen dürfen wir sprechen, obwohl die üblicherweise Strophen trennende Leerzeile fehlt. Die Zäsur ist deutlich genug: Elf durch fortgesetzten Reim verbundene Verse entwerfen eine grandios-groteske Dichtertod-Phantasie. Dann folgt in vier Versen mit neuem fortgesetztem Reim der entzückte Selbstkommentar.

Die »wundervollen« Augen, die der Dichter sich attestiert, sind wörtlich zu nehmen. Sie sind nicht nur grossartig, sondern »voll Wunder«, fliessen über vor all den Mirakeln, von denen sie beim Überfliegen von Strophe eins lesen durften. Diese Wunder werden (nicht unähnlich denen der Bibel) zu Demonstrationszwecken gewirkt – um dem »Fräulein«, an das sie sich richten, verständlich zu machen, was das ist: Poesie.

Was Poesie nicht ist, führt der Vers vor: »wir lieben es nicht, wenn die Winde wehen«. Hätten's die Dichter gern windstill? Unsinn. Es wäre bloss hassenswert unbegabt, würde gedichtet: »die Winde wehen«. Wenn es Poesie sein soll, dann müssen sie mindestens »flehen«. Der Clou ist aber, dass das Flehen sogar soll sichtbar sein können, was, bevor man sich ein »bisschen verdreht« hat, einigermassen unmöglich, ergo ein Wunder ist.

Leichter an das erheischte bisschen Verrücktheit käme das Fräulein, würde es einen Metaphernkurs belegen.

Das »Leichenhemd« und der »schöne Sarg« sind natürlich – aus Platzgründen sei das hier apodiktisch behauptet – das Gedicht, das den Dichter in den Himmel, in die Unsterblichkeit katapultieren soll. Nein, nicht »katapultieren«, sondern – schöner, ekliger, selbstkritischer – »blähen«.

## 18. WIE SITZEST DU IN DICH SO ABGEKEHRT

»Wie sitzest du in dich so abgekehrt
und träumst, indes an uns der Mangel zehrt,
manch Schäfchen sich die Lage sehr erschwert«,
sprach's leise mit geängstigter Gebärd'.
Der, dem die zarte Anred' war beschert,
fühlt' sich durch dieselbe hochgeehrt,
doch war zum Helfen er zu abgeklärt.
Wie saß er vornehm da,
das Schäfchen glaubte sich dem Hirten nah,
daß es der Wolf persönlich war, ha, ha,
in keiner Weise es das sah.
Das Schäfchen dachte,
was ihn wohl so um's Interesse brachte,
er still für sich so lachte.
»Sei froh, wenn ich dich nicht beachte.«
Es scheint, der Wolf war heut
etwas zerstreut,
oder ist er so ein anderer geworden?

*Der Wolf als Hirte – lustlos*

Und noch ein Gedicht, das fortgesetzte Reime hintereinanderschaltet – in diesem Fall allerdings nimmt die Frequenz der Fortsetzung zunehmend ab. Zunächst siebenmal der Reim a, dann je viermal die Reime b und c, dann

zweimal, also als Paarreim, d, und dann e, im Schlussvers, der als einziger ungereimt bleibt.
Inhaltlich gehts um die Zwiesprache eines Schäfchens mit seinem vermeintlichen Hirten, der aber in Wirklichkeit der Wolf ist – ein Wolf allerdings, der auch keine rechte Lust mehr hat, den Wolf zu geben auf der Bühne Gedicht.

## 19. WEISSE MÄNNER

Weiße Männer
reißen mir nachts um zwölf
die liebevolle und -leere,
die gesättigte, dürstende
Seele aus und tragen sie zu den Gletschern in's Gebirge.
Zerbissen von den Zähnen
der Ungeheuerlichen
bringen sie sie mir wieder und pflanzen und legen
sie mir in den Leib.
O besuche mich doch einmal, liebes, liebes Weib!
Ich möchte dich entkleiden,
wie sich die Menschheit befreien möchte von ihren Leiden.
Hab keine Furcht, ich werde sein wie seiden.

### *Vom Alp- zum Tagtraum*

»Weisse Männer«, eines der unheimlichsten Gedichte, die Robert Walser geschrieben hat, ist reimtechnisch genau umgekehrt angelegt wie das gerade vorgestellte »Wolfsgedicht« (Gedicht 18). Es beginnt mit nicht gereimten Versen und beschreibt in seinem ersten Teil im hohen, odennahen Ton eine Seelenvergewaltigung. Die Vergewaltiger sind männliche Gestalten – wobei offenbleibt, ob mit den »Ungeheuerlichen«, von deren Zähnen die Seele des Dichters zerbissen wird, die »weissen

Männer« selber oder die Gletscher bzw. Gebirge gemeint sind, zu denen die weissen Männer die Seele tragen. Erst als dies Schlimme vorüber ist, wendet sich das Gedicht, seinen Ton radikal ändernd, dem »Leib« und damit dem »Weib« und damit dem Reim zu und schwingt, an einen Paarreim einen Dreireim reihend, aus in einer erotischen Wunschphantasie.

## 20. IN DEM REISEKORB ODER WÄSCHEKORB

In dem Reisekorb oder Wäschekorb,
der in meinem Schlafgemach steht,
räuspert es sich nachts,
als läge dort jemand
und als säße auf dem Korb
ein wispernder Sklav', mein grausamer
Diener, mein fester Entschluß,
mir selbst zu gehören. Mein Gedanke,
der kennt mich. Mir ist oft, was ich denke,
fürchterlich, und ich steige aus
der Nachtzeit wie aus granitenem Grab
und aus gespenstischem Schlaf wie aus vieler
armer geplagter Seelen bleiche
Bilder um ihre Schläfen schleudernder
Vergangenheit
und kann am Morgen meines Lebens wieder froh sein.
Niemandem wünschte ich, er wäre ich.
Nur ich bin imstande, mich zu ertragen:
So vieles zu wissen und so viel gesehen zu haben und
so nichts, so nichts zu sagen.

### *Fürchterliche Gedanken*

Noch ein unheimliches Gedicht. Eine nächtliche Abwehrschlacht gegen einen weiteren Alptraum – die eignen, innersten Gedanken. Die dem, der sie denkt, so

»fürchterlich« sind, dass er sie nicht als eigne zulassen mag, sondern sie wie schmutzige Wäsche auszieht und weglegt in den »Reisekorb oder Wäschekorb« draussen. Aber die Gedanken geben auch im Korb keine Ruhe. Einer (»mein fester Entschluss, mir selbst zu gehören«) muss sich draufsetzen auf den Korb, damit der Deckel zu bleibt. Gelänge es den Gedanken, aus dem Korb zu steigen, dann würden sie den, der sie denkt, dies dessen Angst, enteignen. Dann würde er nicht mehr sich selbst, sondern ihnen gehören. Denn: »Mein Gedanke, der kennt mich.« Weil er von mir gedacht wird und nur von mir so gedacht werden kann. Auch wenn ich nicht der sein will, der etwas so Fürchterliches, wie er es ist (und drum ich es bin), denkt.

Woraus am rettenden Morgen der, der »ich« sagt, steigt, wird sehr widersprüchlich beschrieben. Aufruhr herrscht im »granitenen Grab«, nicht Totenstille. Sonderbare »Schläfen« sind das, um die die Vergangenheit »bleiche Bilder« schleudert, Bilder »vieler armer geplagter Seelen«. Wessen Schläfen sind es? Wer ist mit »ihre« gemeint? Die Vergangenheit selbst? Die armen Seelen? Wie dem auch sei: Die Bilder sind, wie die Gedanken, nicht drinnen im Kopf (diesseits der Schläfen), sondern schwirren ferngesteuert um ihn (die Schläfen) herum.

»... so nichts, so nichts zu sagen«. Das zweite »so nichts« ist Variation, nicht bloss Wiederholung. So – auf diese besondere Walsersche Weise – »nichts zu sagen« ist etwas anderes als einfach »nichts zu sagen«. Spielarten des Nichtssagens werden uns auch bei der Lektüre der nächsten Gedichte beschäftigen.

## 21. BESCHAULICHKEIT

Die Bücher waren alle schon geschrieben,
die Taten alle scheinbar schon getan.
Alles, was seine schönen Augen sahn,
stammte aus früherer Bemühung her.
Die Häuser, Brücken und die Eisenbahn
hatten etwas durchaus Bemerkenswertes.
Er dachte an den stürmischen Laertes,
an Lohengrin und seinen sanften Schwan,
und üb'rall war das Hohe schon getan,
stammte aus längstvergangnen Zeiten.
Man sah ihn einsam über Felder reiten.
Das Leben lag am Ufer wie ein Kahn,
der nicht mehr fähig ist zum Schaukeln, Gleiten.

### *Schaukel-Elegie*

Es ist nicht zu überhören, wie gerade dieses Gedicht, dessen Schlussverse die Schaukel- und Gleitunfähigkeit des Lebenskahns beklagen, was Prosodie und Versfluss angeht, sich als eine einzige jambische Gleit- und Schaukelbewegung präsentiert. Wenn »die Bücher alle schon geschrieben« und »die Taten alle schon getan« sind, es also nichts mehr zu sagen gibt, dann tut sich als letzte Möglichkeit auf, »so nichts zu sagen«, dass im Nichtssagen die – das Wort ist kaum zu vermeiden – wehmütige Erinnerung ans einst Sagbare, nun nicht mehr Sagbare nachhallt und mitschwingt. »Beschaulichkeit« ist eine Elegie. Eine, die, wie die Goethesche, die die Gattungsbezeichnung als Titel trägt, eben nicht in Distichen, sondern in Jamben verfasst ist. Nicht wirklich, sondern nur »scheinbar« schon »alle getan« sind die Taten, weil eines ja doch noch zu tun bleibt – schaukelnd und gleitend noch einmal der verlorenen Gleit- und Schaukelchancen des Lebens innezuwerden. Kein Zufall, dass die Wörter des Gedichts, die auf das Bedeutungssegment »Mobilität« verweisen, an Fortbewegungsarten erinnernen, die besonders schaukel- und gleitintensiv sind (»Eisenbahn«, »reiten«).

Man hört den Dichter elegisch über Klang- und Bedeutungsfelder reiten. Vom als durchaus bemerkenswertes Reimwort ins Gedicht geschmuggelten, nein, geschaukelten »Laertes« gleitet er alliterierend weiter zu »Lohengrin« – und dass dessen »sanfter Schwan« sich als famoser Schaukler und Gleiter vor dem Herrn hervorgetan hat, das ist ja allseits bekannt.

22. LEBENSFREUDE

Wie schön ist's, wenn man ruhig ist
und zu sich selber nichts mehr sagt.
Da sieht man glückliche und schöne Menschen,
reizvoll zu einem Kreis vereinigt,
sich unter Bäumen an Gesprächen amüsieren,
niedliche Tänzerinnen sich im Takte
eines Konzerts bewegen. Die Natur
hat eine zuckerbäckerhafte Süßigkeit;
Kostüm', anmutige Gebärden! Auf dem Wasser
ergötzen solche, die in Booten schaukeln,
sich an dem Gleiten über einen Spiegel,
die Landschaft sieht gemäldeartig aus,
das Leben, bildet man sich ein, sei ewig,
unmöglich sei unangenehmes Scheiden
von blümeliggeschmückten, holden Weiden.
Wie ist das Sterben und sein herbes Leiden
schwer in ergieb'ge Worte einzukleiden.

## *Experiment Idyll*

Ein Experiment. Der Sprecher hat die Schlussverse von Georg Trakls Gedicht »Verklärter Herbst« auf dem Labortisch: »Wie schön sich Bild an Bildchen reiht – / Das geht in Ruh und Schweigen unter.« Könnte man nicht, fragt sich der Sprecher, wenn man die Reihenfolge umdreht, also mit »Ruh und Schweigen« beginnt und dann

»sich Bild an Bildchen« reihen lässt, den Untergang aufhalten, stoppen?
Der Versuch scheint zu klappen: »Wie schön ist's, wenn man ruhig ist/und zu sich selber nichts mehr sagt.« Es ist Sonntag, die vom Titel verlangte »Lebensfreude« herrscht. Kein Kahn liegt am Ufer, der auf ein Leben verwiese, das (wie in Gedicht 21) »nicht mehr fähig ist zum Schaukeln, Gleiten«. Die Boote sind auf dem Wasser. Es wird ausgiebig geschaukelt und geglitten darin. »Reizvolles« Bild reiht sich an »niedliches« Bildchen. Von Untergang keine Spur.
Leider ist die »Lebensfreude« ein Fake. Was »ewig« aussieht, ist nicht »das Leben«, sondern ein Postkartenidyll. Wenn man »ruhig ist« (den Mund hält und die innere Unruhe nicht zur Notiz nimmt) und »zu sich selber nichts mehr sagt« (den Kontakt mit den eigenen »fürchterlichen« Gedanken – vgl. Gedicht 20 – abbricht), dann mag es »schön« sein, aber das ist eine unwirkliche, unlebendige Schönheit. »Gemäldeartig« flach, »zuckerbäkkerhaft« süss. Was man sagt, wenn man »zu sich selber nichts mehr sagt«, ist läppisch.
Das Experiment wird abgebrochen. Der Sprecher spricht wieder mit sich. Es fällt das Wort, auf dessen Fehlen das Idyll basiert: »Sterben«. Mehr bedarf's nicht. Idyll zerstört. Der Untergang ist nicht totzukriegen.
Man kann nicht nicht vom Sterben sprechen. Man kann aber auch nicht vom Sterben sprechen. »Wie ist das Sterben und sein herbes Leiden?« Der Sprecher winkt ab: »Schwer in ergieb'ge Worte einzukleiden.« Nicht lyriktauglich. Eignet sich nicht »zu künstlerischem Zweck«.

## 23. NUN SOLLTE ICH

Nun sollte ich euch das Vergnügen,
das unvergeßlich mir geblieben ist
und das aus selt'nem Unsinn sich
zusammensetzte, vor die Augen führen,
denn mich scheint die Geschichte – o, welch
schöne Form
besaß sie – an der aufmerksamen
Fortsetzung meiner Arbeit zu verhindern. Einzig,
wie die geringsten Gegenstände mich damals
entzückten! Oft versuchte ich, dem langen
und doch so kurzen, traumhaft hurtig
vorübergeh'nden Glück Gestalt zu geben.

Das Schönste, was es gibt im Leben, ähnelt
nur einem Duft und einem Ton,
und hätt' sich's über Jahre hingedehnt.
Geschichten kommen vor, die sich nie und niemand,
und zwar vielleicht, weil man zu sehr sie liebt,
auch mit dem besten Willen nicht, erzählen lassen.
Seltsam, daß ein gewisses Schönes in uns sich
zu künstlerischem Zweck nicht eignet.

Vom Sterben, tut Gedicht 22 dar, kann im Gedicht weder geschwiegen noch geredet werden. Doch auch vom »Schönen«, stimmt Gedicht 23 ein, ist festzustellen, dass es »sich / zu künstlerischem Zweck nicht eignet«. Über »ein gewisses Schönes in uns« wird das gesagt. Das lässt sich lesen als »ein bestimmtes Schönes in uns, das hier nicht näher definiert werden soll oder kann«, aber auch als »ein Schönes, dessen Dasein in uns (uns) gewiss ist«. Paradoxerweise ändert diese »Gewissheit«, die Selbstevidenz der Erfahrung des Schönen in uns, an seiner Kunstuntauglichkeit nicht das Geringste.

Das Gedicht verdankt seine prekäre Balance dem Umstand, dass seine Rede in einem fort etwas scheint realisieren zu wollen, dessen Realisierbarkeit es gleichzeitig in einem fort in Abrede stellt. Vom oft gescheiterten Versuch, »dem langen / und doch so kurzen, traumhaft hurtig / vorübergeh'nden Glück Gestalt zu geben« berichtet ein neunzehn Verse langes und doch so kurzes, traumhaft hurtig vorübergeh'ndes Gedicht, das von der Nichterzählbarkeit gewisser Geschichten – eine Geschichte erzählt. »O, welch schöne Form besitzt sie!« rufen wir aus, das Wechselspiel von vier-, fünf-, sechshebigen Jamben bewundernd. Sogar ein Hinkjambus ist darunter: Vers 8, der dafür sorgt, dass ein so »geringer Gegenstand« wie das Wort »damals« durch seine Betonung entzückt.

Ein Wort zum »selt'nen Unsinn«, aus dem komponiert ist, was erzählt werden »sollte«, aber nicht kann. Ausgemachter Nonsens? Auch. Ausserdem aber: rarer Nichtsinn. Kostbare Bedeutungslosigkeit. Das »unvergesslich« gebliebene »Vergnügen«, das sich sprachlich nicht darstellen lässt, hat zu tun mit der Lust am signifikatfreien Signifikanten, wie ein Wort – anders als »ein Duft« oder »Ton« – nie einer sein kann.

## 24. DER SCHNEE

Der Schnee fällt nicht hinauf
sondern nimmt seinen Lauf
hinab und bleibt hier liegen,
noch nie ist er gestiegen.

Er ist in jeder Weise
in seinem Wesen leise,
von Lautheit nicht die kleinste Spur.
Glichest doch du ihm nur.

Das Ruhen und das Warten
sind seiner üb'raus zarten
Eigenheit eigen,
er lebt im Sichhinunterneigen.

Nie kehrt er dorthin je zurück,
von wo er niederfiel,
er geht nicht, hat kein Ziel,
das Stillsein ist sein Glück.

Das seien ja nun nicht gerade umwerfende Neuigkeiten, wenden Sie vielleicht ein. Dass der Schnee nicht hinauf, sondern hinab falle, das hätten Sie zur Not auch ohne Walser-Poem gewusst. Wo denn da, bitte, die Pointe liege?

Sie liegt, glaube ich, in dem poetologischen Paradigmenwechsel, den Walser hier andeutet. Gewiss, dass der Schnee immer runter-, nie rauffällt, scheint kaum erwähnenswert. Die Dichter aber haben jahrhunderte-, nein, jahrtausendelang ebendiese Gegenbewegung, den Aufschwung, die Levitation, den Vogel – am liebsten den Adlerflug als Bild und Vorbild für ihr poetisches Tun bemüht – von Pindar über Horaz bis zu Klopstock und dem jungen Hölderlin. Robert Walser dagegen hat keine Lyrik des Aufschwungs mehr im Sinn – sondern eine von Sinkflug, Niedergang, Absturz.

Es geht nach unten im Gedicht. Dabei repräsentiert der »in jeder Weise/in seinem Wesen leise« Schnee die »stille«, »zarte« Variante der Abwärtsbewegung, die mit schrillen, scheppernden Bruchlandungsmanövern koexistiert (vgl. Gedicht 29).

## 25. LINDBERGH

O, wie blühn Kastanienkerzen
reizend nun in Gärten von Administrationen.
Wenn sich's würde lohnen,
unternähm' ich jetzt eine Reise zu Fuß.
Ob denn aber immer etwas muß
erlebt, geschrieben werden? Ihre Schmerzen,
als ich beschäftigt war, mit ihr zu scherzen,
trug mir eine Mutter vor aus beengtem Herzen.
Weil ich in gewissem Sinn
etwas wie eine Anerkanntheit bin,
fliegen Zeitschriftnummern gratis zu mir hin.
Abgesehen jedoch davon,
daß es hübsch ist, wenn Dienstmädchen Schuhe
 schwärzen,
machte mich Nordamerikas Sohn,
dem mit fünfundzwanzig Jahren schon
so Großes gelang, sehr anspruchsvoll,
vor Begeisterung,
ob seinem Schwung,
sozusagen zunächst ganz toll,
mir mit Kunst und so weiter keiner kommen soll!

Ein Capriccio übers Fliegen. Auf den ersten Blick scheint das Gedicht einfach belegen zu wollen, weshalb der Gebrauch von Flugmetaphern fürs Dichten überholt ist. Der Himmel ist besetzt. Die Poesie hat ihn an die Aviatik verloren. Wenn Lindbergh real übern Ozean fliegt, dann kann, wer weiter vom »Dichterflug« schwärmt, nur auf die Nase fliegen: »mir mit Kunst und so weiter keiner kommen soll!«

Lächerlich sind aber nicht nur Metaphern, die dem hinterherhinken, was in der Realität an »Grossem« gelingt. Auch das »sehr anspruchsvoll« daher kommende »Grosse« selber entbehrt nicht der Lächerlichkeit. »Ob denn aber immer etwas muss / erlebt, geschrieben werden?« Soll ausgerechnet ein Hupf übers Meer erhaben sein über diesen umfassenden Irrelevanzverdacht? Ist Fliegen imponierend, wenn schon die »Reise zu Fuss« sich nicht lohnt? Das einzige, das fliegt in diesem Gedicht, sind »Zeitschriftnummern«.

Ein Musterbeispiel subtiler Walserscher Komik ist die schräge »Mutter-Sohn-Beziehung«, die das Gedicht aufbaut. Es ist eine reine Wort-Beziehung. Die »Mutter« hat mit dem »Sohn«, von dem später die Rede ist, nichts zu tun. Es ist ein »Sohn« im bloss übertragenen Sinn: »Nordamerikas Sohn«. Der Beziehungsschein, den die Wörter »Mutter« und »Sohn« gleichwohl suggerieren, wird komisch verstärkt durch den Scheinkontrast zwischen dem »beengten Herzen« der Mutter und der grenzenlosen Weite, die wir mit »Nordamerika« assoziieren.

Für eine Sekunde nicken wir: Klar, wer eine Mutter mit so präriweitem Herzen hat, dem muss Grosses gelingen. Dann durchschaun wir den Schein und lachen. Und das »Grosse« stürzt ab.

## 26. GRENZEN DER INTELLIGENZ

Geistvoll wie irgendeiner,
trieb es ihn, zu versuchen, ob er reiner,
unmittelbarer, reicher wirken könne,
doch so, als wenn er selbst es sich nicht gönne,
benahm er sich beim Fluge in die schöne,
erhabne Höhe ungeschickt. Die Töne,
die Bilder, denen Leben er verleihen wollte,
waren nicht hörbar und nicht sichtbar. Rollte
er hügelabwärts wo er klimmen sollte?
Kann sein! Jetzt denkt er ans Talent,
an Shakespeares stillen und bescheidnen Kent,
an schöner Frauen Ungemach, an eine Sorte
vortrefflicher, doch wirkungsloser Worte.
Geistreich sind viele,
die nicht verwendbar sind zu höh'rem Ziele.

### *Flugverzicht mit Kent*

Ein Gedicht über einen gescheiterten Flugversuch. Ist es selbst ein gescheiterter Flugversuch? Hat es sich selber zum Gegenstand?

Nein, so trifft das nicht zu. Das Gedicht, das wir lesen, unternimmt gar keinen Flugversuch. Es ist praktizierter Flugverzicht. Allerdings ist es ironisch so komponiert, dass es, wenn es als Flugversuch gelesen würde, dann als gescheitert beschrieben werden müsste. Bei dem gescheiterten Flugversuch, von dem das Gedicht berichtet, handelt es sich dem anfangs dominierenden Imperfekt zum Trotz (»trieb es ihn«, »waren nicht hörbar«) nicht um ein vergangenes Geschehen, sondern um eines, das vor den Augen des Lesers in der Gegenwart sich abspielen wür-de, würde der Flugverzicht als Flugversuch missinterpretiert.

Wer versuchen wollte, die Dichterkollegen mit noch lyrischerer Lyrik zu überflügeln (noch »reiner, unmittelbarer, reicher«), der würde sich »beim Fluge in die schöne, erhabne Höhe« in der Tat mehr als »ungeschickt« benehmen, würde er dichten wie der Dichter unsres Gedichts: Nichts weniger unmittelbar als das Wort »unmittelbar«. Nichts unerhabener als das verbrauchte Bild vom »Flug in die erhabne Höhe«. Solche Töne, solche Bilder sind »nicht hörbar«, »nicht sichtbar«.

Aber Walser beteiligt sich weder am Flugwettbewerb noch am Wettklimmen auf den Parnass. Hügelabwärts rollen, ein Kinderspiel, ist mehr nach seinem Geschmack.

Und wie kommt Kent ins Gedicht? 1. Des Reimes wegen. 2. »Kent« steckt in »kentern«. 3. »Kent« klingt fast wie Kant (fürs »Schöne« und »Erhabene« zuständiger Chefanalyst). 4. Kent ist ein treuer Diener und fürs Dienen hat Walser ein Faible. 5. Kent verteidigt Cordelia, die ihr Herz nicht auf ihre Lippe heben kann (vgl. Gedicht 5). 6. Kent passt nicht. Wer nur passende Einfälle zulässt, rollt nicht hügelabwärts.

## 27. SAHEN SIE SCHON EINMAL EINE RUINE

Sahen Sie schon einmal eine Ruine
mit einer Lausbubenmiene?
Sonderbar, gnädige Frau,
ist solch ein Bau.
Ich zweifle nicht, Sie erlabten
sich sehr am begabten Abgeschabten.
Er ist jugendlich und morsch,
hinkt und ist forsch.
In der Ruine
spiegelt sich Melusine,
sie wagt trotz eigentümlicher Sitten
um einige Aufmerksamkeit zu bitten.
Vergeude
doch deine Güte an dies Gebäude!
Die Baulichkeit
scheint an sich sehr gescheit.
Machen Sie, was zänkig,
gesprächig, gelenkig!
Wer weiß, zu was Ruinen
Ihnen können dienen.
Nimm dich ihrer nur dann und wann
intelligent an!
Die Art, wie sie spricht,
besitzt Gewicht.
Ihr verwittertes Gesicht,
tönt's nicht wie ein Gedicht?

Der Dichter als in sich ruhnde Laus, als Absturzkünstler, als »so nichts, so nichts sagender« Poet – und nun also als Ruine. Der Schlussvers lässt die Katze aus dem Sack: Das Gedicht, das wir lesen, ist ein Gedicht der Ruine, die sich in dem und mit dem Gedicht an eine Dame wendet, an deren Aufmerksamkeit und Zuwendung ihr, der Ruine, offenbar einiges liegt. Unverhohlen empfiehlt sich die Ruine der Dame zur gefälligen, intelligenten Nutzung.
Die Ruine ist der Dichter, der bei der Dame für sie, also sich, Werbung macht, wirbt. Gleichzeitig aber – und das trägt viel zum abgeschabten Charme des Gedichts bei – insistiert die Ruine hartnäckig darauf, tatsächlich eine Ruine zu sein und nicht bloss eine flüchtige Metapher für etwas anderes, etwa ein Dichterwrack. Einerseits hat die Ruine menschliche Züge, andererseits imponiert sie als »Bau«, als »Gebäude«, als »Baulichkeit«.
Wenn dieser (morsche) Achilles ein (hinkender) Löwe ist, dann nicht nur im »übertragenen« Sinn: Dieser Löwe hat eine Mähne, Pranken, ein Raubtiergebiss. Dem Schwanken der Ruine zwischen fleischerner und steinerner Existenzform korrespondiert ein anderes eigenartiges Schwanken: Die »gnädige Frau« wird von der Ruine abwechselnd gesiezt und geduzt.
Und inwiefern, abgesehen vom Reim, spiegelt sich Melusine in der Ruine? Nun, Melusine ist ja die Dame mit der seltsamen Angewohnheit, sich jeden Samstag in eine Meerfrau mit Schlangenschwanz zu verwandeln. Könnte es nicht sein, dass zu den »eigentümlichen Sitten« unsrer

Ruine auch die gehört, einmal pro Woche – warum nicht am Samstag? – sich in einen Dichter zu verwandeln?

## 28. MAN WIRD VON EINER HAND

Man wird von einer Hand, die man nicht kennt,
genommen, was nützt da das Schmollen,
wo es doch einmal so hat kommen sollen?
Verglommen Unglück, das zu zart ist,
als daß ein Name es schnell nennt,
Liebe, die eines Tages nicht mehr hier war,
nicht dort, nirgends mehr, und ich fragte mich,
ob sie mit einem Tone Ähnlichkeiten habe,
der mit dem Werden, dem ihn Spielen
sich mehr und mehr verliere, bis das Herz ihn
vergesse, das sich da an ihn in allen
hergekommenen und hingegangenen Tagen noch
erinnert hat. Erinnerung verbraucht sich.
Zuletzt ist es, als wäre nichts geschehen.
Niemand hat ihm was angetan, und nur an sich
geschah es, wuchs es und zerfloß es mit der Zeit.

### *Der Ton macht die Musik*

»Man wird von einer Hand, die man nicht kennt,/genommen«: Dieser Satz ist unverständlich: Er schliesst zu viele einander ausschliessende Möglichkeiten, ihn zu verstehen, ein. Wird man »von einer Hand, die man nicht kennt«, bei der Hand genommen? Wird man »genommen« wie eine Sache, die einer an sich nimmt? Wird man »genommen«, wie ein Sexualobjekt von einem Sexualsubjekt genommen wird, gewaltsam? Ist die »Hand, die man nicht kennt« die eigne, liegt eine abgewehrte Phantasie von masturbatorischer Selbstvergewaltigung vor? Wird man – von wem bloss? – heruntergenommen von einer Hand, auf der man sich aufhielt, ohne sie zu kennen?

Ein unbegreiflicher Vorgang. Zwei Ausdrücke bietet der Sprecher an, um ihn zu bezeichnen: »verglommen Unglück« und (eines Tages abhanden gekommene) »Liebe«. Beide Ausdrücke taugen nichts, da, was sie bezeichnen sollen, »zu zart ist, / als dass ein Name es schnell nennt«. Hier kommt wieder der »Ton« ins Spiel, den wir aus Gedicht 23 im Ohr haben: »Das Schönste, was es gibt im Leben, ähnelt / nur einem ... Ton«. Diesmal ist es die entschwundene »Liebe«, von der der Sprecher sich fragt, »ob sie mit einem Tone Ähnlichkeiten habe«. Nicht, um eine Antwort zu kriegen, sondern um an die Stelle dessen, worüber man nicht reden kann (»Unglück«, »Liebe«, das »zu Zarte«), das zu setzen, worüber man reden kann und wovon im Fortgang des Gedichts drum ausschliesslich die Rede ist: eben den »Ton«.

Vom »Ton« kann man reden, weil das Wort etwas bezeichnet, das selber ein Zeichen ist, aber eines, das nichts bezeichnet, keine Bedeutung hat. Dahin will auch das Gedicht. Es redet vom Ton nicht, um etwas zu sagen über ihn, sondern um so zu werden wie er. Es ist die Quadratur des Kreises, bringt in an Begriffe gebundener Sprache sich als nicht durch Begriffe wirkenden »Ton« hervor.

## 29. ICH WOLLT', ICH HÄTTE

Ich wollt', ich hätte allerlei noch nicht geschrieben,
mir ist zu sagen nichts mehr übrig fast geblieben.
Ich wollt', es hülf' mir jemand witzig hier zu werden,
bisweilen komm' ich mißgestimmt mir vor auf Erden.
Hätte ich heut' statt zwei Glas Bier Kaffee gesoffen,
so gäb' es eher etwas vom Gedicht zu hoffen,
das jetzt entsteht und mir nicht schnell gelingen will,
obschon's unsäglich still um mich ist, still,
wie ich es ungestörter mir nicht wünschen könnte,
obschon ich mir vielleicht gern etwas andres gönnte.
Ich weiß nicht, ob ich besser heute Wurst gegessen hätte
als Käse und ob ich's Gedichtelchen noch rette,
das Bruch zu sein mir scheint. Wie Hermann Hesse
mitunter tut, mach' ich nun eine dumme Fresse.
Zwar wollte ich, ich hätte Letzt'res nicht gesagt,
mir scheint, daß es durch Eleganz hervor nicht ragt,
inzwischen schlafe ich so lange, bis es tagt.

Dieses Gedicht lässt uns unmittelbar an dem – als scheiternd konzipierten – Prozess einer Gedichtproduktion teilhaben. Das Gebilde erweist sich als fluguntauglich und landet, ohne je abgehoben zu haben, buchstäblich als »Bruch«. Den lässt der sich selber lauthals der Steuerunfähigkeit bezichtigende Pilot bzw. Poet noch ein paar Verse weiterrattern, dann fasst er den erlösenden Entschluss, in und über der Gedichtmaschine, die er zu Schrott gedichtet hat, einzuschlafen. In das Wort »schlafe« im letzten Vers ist wieder jenes Gähnen einkomponiert, das uns bereits aus den Gedichten 1 und 4 vertraut ist.

»Ich weiss nicht, ... ob ich's Gedichtelchen noch rette, / das Bruch zu sein mir scheint. Wie Hermann Hesse / mitunter tut, mach' ich nun eine dumme Fresse.« Zwar beeilt sich der Sprecher zu versichern, er wollte, er »hätte Letzt'res nicht gesagt«. Aber das sollten wir ihm nicht glauben: Er streicht es ja nicht, sondern lässt es stehen. Nicht obwohl, sondern weil »es durch Eleganz hervor nicht ragt.« Das Abrutschen ins Unelegant-Vulgäre ist ein bewusstes Stilmittel im Kampf gegen die Lyreleien der Hesse und Konsorten. Dieser Dichter zieht den »Bruch« dem Geschniegelt-Eleganten allemal vor. »... das Bruch zu sein mir scheint wie Hermann Hesse ...« Man kann den Vers – die Interpunktion einklammernd – auch so, als Einheit lesen. Dann sagt er: Ja, hier wird Bruch produziert. Aber meint Ihr allen Ernstes, was Hesse säuselt, sei kein Bruch?

## 30. DASS ICH JA NICHT VERGESSE

Daß ich ja nicht vergesse,
zu Hermann Hesse
zu spazieren und ihn zu fragen,
ob ich lyrisch zu reden dürfe wagen,
er gilt ja beim Publikum als der,
der das Patent darauf hat,
das Leben unsagbar schwer
allerweil genommen zu haben,
ob er mir erlaube,
daß ich glaube,
ich wär' wie er imstande, mich matt
zu fühlen, morgen denke ich zu traben
zum hochgeschätzten Knaben,
und ich bin überzeugt, daß ich ihn werde
über seine Anhängerherde
lächeln machen können,
und werd' mir nicht mißgönnen,
hie und da mal seelenvoll
adagiohaft zu zwitschern, jeder, der einen
Namen hat, erlebt Stunden, wo er lieber keinen
hätte.

Der Clou des Gedichts ist das letzte Wort. »hätte«, das ist eine wundervolle Verhunzung des Namens »Hesse«. Sie ist so plaziert, dass die Erfahrung, von der die Schlussverse sprechen, dass nämlich »jeder, der einen Namen hat, Stunden erlebt, wo er lieber keinen hätte«, vom Dichter mit dem Namen Hesse in just der Sekunde gemacht werden wird, in der er das Wort »hätte« haarscharf an seinem Namen vorbeischrappen hört.
Sarkastisch die komisch unterwürfige Ankündigung des Sprechers, er wolle bei Hesse vorbeischaun, um »ihn zu fragen, / ob ich lyrisch zu reden dürfe wagen«. Denn die Hesse-Poesie verkörpert genau den Typus lyrischer Rede, gegen den Walser anschreibt: »Gehobene Gefühlslage und Sprache«, Wohlklang, metrische Regelmässigkeit – am Hesse-Gedicht könnte Robert Mächler seinen Kriterienkatalog für Qualitätslyrik gewonnen haben. Hesse frönt einer poetisch aus dem abgelebten klassisch-romantischen Fundus sich bedienenden gepflegten Melancholie – und reüssiert damit.
Walser spottet gern über Hesse. Zu seinem fünfzigsten Geburtstag hat er ein reichlich hinterfotziges Preisgedicht verfasst. Es endet mit den unverhohlen scheinheiligen Versen: »Denke nicht, es wäre Rache, / dass ich dir ins Antlitz lache, / denn anlässlich deines Festes / gab ich hoffentlich mein Bestes.«
Jahre später, als er längst Insasse der Heil- und Pflegeanstalt Herisau war, hat sich Walser auf einer seiner Wanderungen mit Carl Seelig so zu seinem Verhältnis zu Hesse

geäussert: »Wissen Sie, was mein Verhängnis ist? Passen Sie gut auf! All die herzigen Leute, die glauben, mich herumkommandieren und kritisieren zu dürfen, sind fanatische Anhänger von Hermann Hesse. Sie vertrauen mir nicht. Für sie gibt es nur ein Entweder-Oder: ›Entweder du schreibst wie Hesse oder du bist und bleibst ein Versager.‹«

## 31. HIER WIRD SORGSAM ÜBERSETZT

Hier wird sorgsam übersetzt
das Gedicht von Paul Verlaine,
wo der Regen hat genetzt
jene Dächer an der Seine.

Ganz Paris steht grau in grau,
nach der Sehnsucht ich mich sehne.
Sieh' mal an, ich mach' miau,
ähnlich wie einst Paul Verlaine.

O du mehr als schon genug
übertragenes Gewähne,
einst vor zwanzig Jahren frug
ich auch sehr nach Paul Verlaine.

Stimmungsvoll ist zweifellos,
was ich dehne da und dehne,
punkto Neuigkeit war groß
unser Papa Paul Verlaine.

Gebet eine Zwiebel mir,
daß die Träne mir auch träne,
die einst unsrem Paul Verlaine
rinnelt' auf das Schreibpapier.

Höchste Zeit ist's, wie ich meine,
daß nun endlich Robert Wals

sich uns auch mal vorstellt als
ein Verdeutscher von Verlaine.

### *Von Werlähn zu Ferleine*

Ein Gedicht, das man hören muss, wenn man seinen Witz verstehen will. Eine Verlaine-Übersetzung. Oder vielmehr: Die Verweigerung einer Verlaine-Übersetzung.
Dazu eine – in Robert Mächlers Biographie »Robert Walser« überlieferte – Anekdote: Als der Berner Schriftsteller Alfred Fankhauser in einem Berner Café Walser das vermeintliche Kompliment machte, er halte ihn, Walser, für den einzigen deutsch dichtenden Autor, der Verlaines Gedichte übertragen könne, da reagierte Walser mit einem Wutanfall und brüllte: »Was? Verlaine, den alten Bock, soll ich übersetzen? Hab ich nötig, dem Burschen den Portier zu machen?«
Und dann hat Walser, etwas später, doch eine Verlaine-Übersetzung angetäuscht, und zwar eine Übersetzung des Gedichts, in dem es so überaus melodisch-melancholisch tönt: »il pleure dans mon cœur / comme il pleut sur la ville« (Es weint in meinem Herzen, wie es regnet auf die Stadt.).
Es bleibt bei der Antäuschung: Walser deutscht nur die Aussprache des Namens Verlaine ganz allmählich, und von Rückfällen ins Fastfranzösische unterbrochen, ein.
1. Strophe: Paul Verlaine = Pol Werlähn. Der Vorleser spricht Vor- und Nachnamen französisch aus. Nachname: Reim auf franz. »Seine«.

2. Strophe: Pol Werlehne. Nachname: Reim auf dt. »sehne«.
3. Strophe: Pol Werlähne. Nachname: Reim auf dt. »Gewähne«.
4. Strophe: Paul Werlehne. Ein Vorlesetrick: Aus franz. »Pol« wird dt. »Paul«. Nachname: Reim auf dt. »dehne«.
5. Strophe: Paul Werlähne. Nachname: Reim auf dt. »träne«.
6. Strophe: Verlaine = Ferleine. Die erste Silbe des Nachnamens wird in Analogie zu »Verdeutscher« als »Fer« ausgesprochen, die zweite reimt auf dt. »meine«.

## 32. COUPLET

Ich bin mir schuldig, daß ich nächstdem lese einen Band
von Marcel Proust;
bis heut' ist mir noch nicht das Mindeste von diesem
eminenten Mann bewußt.

Vom Fuggerhaus zu Augsburg fand ich kürzlich ein'ge
Zeitschriftabbildungen
und bin an Hand derselben in den Handelsblütezustand
Deutschlands eingedrungen.

Den Stuhl, von dem ein Fräulein sich erhoben hatte, sah
ich euch, o Freunde, glänzen
vor nichts, als vor Vergnügtheit wegen Diensterwiesen-
heitstendenzen.

In einer Kirche sang ein Sängerinnenexemplar so unbe-
schreiblich schön, ich will's gestehn,
daß ich mir erstens rein wie Schnee und andersteils er-
weicht erschien bis zum Zergehn.

Heut' früh erhielt ich einen vor Gekränktheit fassungs-
losen, tiefergriffnen Brief.
Auf Grund des Inhalts, der mich nicht beruhigt lassen
sollte, schlief ich tief.

Noch hat der Zwiespalt zwischen Lebenswunsch und
Schaffensdrang mich nie gar lang belästigt,

Natur und ein Glas Wein in einem Landgasthaus haben
mich jeweils hübsch in mir befestigt.

Tolstoi starb aus Verdruß, daß ihm das Leben, das er
liebte, nicht mehr schmeckte;
ein Dichterfürst wie Shakespeare ihn mit seiner klaren
Tragik, trocknen Komik neckte.

O, von welch blühender Unsterblichkeit ist wieder
dieser doch so unkomplett gewesne Heinrich Heine.
Frau Mitwelt hielt ihm vor, er sei nicht sauber, doch die
Dame Nachwelt kam mit ihm ins Reine.

*Ins Reine kommen?*

Den Literaturwissenschaftlern empfehl' ich dringend, sich dem Zwang der metrischen Analyse des »Couplets« zu unterziehen. Zwischen nur vier, fünf meist am Versende sich ballenden Hebungen tummeln sich in diesen überbordenden – paarweise gereimten – Langzeilen jeweils Sequenzen von erstaunlich zahlreichen Senkungen, was einen ganz eigenartig zwischen Regelmässigkeit und Unregelmässigkeit pendelnden Rhythmus ergibt: »Ich bin mir SCHULdig, dass ich nächstdem LEse einen BAND von MARcel PROUST;/bis HEUT ist mir noch nicht das MINdeste von diesem Eminenten MANN bewUSST.« Wirkungsvoll vortragen lässt sich das in einer Art Sprechgesang.

Statt einer Würdigung des »Couplets« hier nur der Hinweis auf ein paar schön komische Details. Komisch das superlativische Epitheton »eminent« für einen Mann, von dem der Sprecher gerade mitteilt, er kenne ihn gar nicht. Komisch der uns semantisch ins Leere laufen lassende Gleichklang von »HAND« und »HAND(elsblütezustand)«. Komisch der abermalige Einbruch des Schlafs in die Komposition – nicht trotz, sondern »auf Grund« eines zur Beunruhigung Anlass geben sollenden Briefs. Komisch die Rede von der »klaren Tragik, trocknen Komik« Shakespeares, die sich allein der Lust an der pointierten chiastischen Alliteration verdankt.
Sollen wir hoffen, dass »die Dame Nachwelt« auch mit dem von »Frau Mitwelt« für »nicht sauber« befundenen Gedichtelimacher Robert Walser endlich »ins Reine« kommt? Ich bin mir nicht sicher. Wir werden dem Absturzkünstler Walser womöglich eher gerecht, wenn wir mit ihm im Unreinen bleiben.

## 33. ICH REISSE MIR ZUM ZEITVERTREIB DIVERSE HAARE AUS

Ich reiße mir zum Zeitvertreib diverse Haare aus.
In Herzenssachen aufzuräumen ist ein wahrer Schmaus.
Das Glück hat Ähnlichkeit mit einem kleinen dummen
Jungen,
von dem ich weiß, er kommt mir immer wieder zuge-
sprungen.
»Was fällt dir ein, mich derart unverdrossen anzustau-
nen?«
beliebt' es einer Angeliebelten, mir zuzuraunen.
Aus einem Hause, das ich mit Vorbeispazier'n beehrte,
klang ein Klavier, und ich blieb steh'n vor Anteilnahm'
und Zärte.
Zum Essen gab es heute, was mir ungewöhnlich
schmeckte.
Die Menschheit teilt man ein in Schläfrige und Aufge-
weckte.
Voll Hochachtung vor meiner langgezognen Redeweise
entferne ich mich leise aus so feierlichem Kreise.

### *Aufgeweckt schläfrig*

Wir teilen die Hochachtung Robert Walsers vor der »langgezognen Redeweise«, mit der er sich aus dem »feierlichen Kreise« der Leser dieses insel taschenbuchs entfernt. Auch dieses Gedicht stellen wir uns am liebsten gesungen vor – vielleicht zur Melodie von »Zehn kleine Negerlein«, was zum Motiv des Ausreissens »diverser Haare« (»da waren's nur noch …«) gar nicht schlecht passen würde. Auch wenn es zwölf Verse (sechs Verspaare) sind, die der Dichter / Sprecher / Sänger sich ausrupft, und nicht zehn.

Ein letztes Mal (vgl. Gedichte 1, 4, 29 und 32) werden wir Zeuge, wie als Gegenspieler – und zugleich heimliches Wunschziel? – des Sprechens der Schlaf ins Gedicht eindringt und darin einen Brückenkopf – oder sollten wir besser sagen: ein schwarzes Loch? – des Aussersprachlichen, Spracheliminierenden etabliert. Der Vorleser kann auf dieses Loch, das den ganzen Text zu verschlingen – einzuschläfern – droht, jeweils mit einem als anfallartig vorzuführenden Gähnen verweisen, das hier also das Wort »Schläfrige« zu begleiten hätte.

»Die Menschheit teilt man ein in Schläfrige und Aufgeweckte«: Wenn dem so ist, und wir haben keinen Grund, daran zu zweifeln – zu welcher Menschheitshälfte dürfen wir dann Robert Walser zählen?

Zu beiden, versteht sich. Intelligenter schlief lyrisch nie einer ein. Auf aufgewecktere Weise wurden Schlummersucht und Schläfrigkeit Gedichten nie einverleibt. Schlaf, das ist eine andere Art von Absturz. Von innen her. Die sanfte Variante, mit »Zärte« gepolstert. Gelebter Schnee sozusagen. Erinnern wir uns: »das Stillsein ist sein Glück« (Gedicht 24). Die unlauteste, pfiffigste Strategie, aus jedem Kreis, wie feierlich oder unfeierlich immer, sich zu entfernen.

# »Das Dichten muss eben halt schliesslich doch verstanden sein«

*Briefstellen zur Poesie*

Also was die Sehnsucht betrifft, so ist sie erstens etwas Ueberflüssiges, zweitens etwas Begreifliches und drittens etwas Unbegreifliches! – Ueberflüssig ist sie, weil sie einem nur belästigt, begreiflich ist sie, gerade so gut, wie die Krankheit begreiflich ist, oder die Sünde; aber unbegreiflich ist sie, weil so viele Menschen ohne sie, die Ueberflüssige, nicht leben können, weil so viele Menschen Sehnsucht betreiben, in Sehnsucht vergehen und nicht aus der Sehnsucht herauskommen, ja sogar darin eine Art Süssigkeit fühlen. Dass die Menschen etwas Lästiges so viel und gern betreiben, etwas so sehnsüchtiges wie die Sehnsucht, das ist das Krankhafte, das an uns haftet! Das Christentum ist die Religion der Sehnsucht! Schon aus diesem Grund allein ist diese Religion so unnatürlich, so menschenunwürdig! Ein Mensch, der sich die Sehnsucht abgeschüttelt hat, hat besser getan, als ein anderer, der 100 sehr gut gereimte aber sehnsüchtige Lieder geschrieben hat. Solche Lieder sollten überhaupt gar nicht gedruckt werden. Hier sollte die Polizei entschieden eingreifen! O Uhland und dergleichen!

*30. Juli 1897, an seine Schwester Lisa*

Aber es lässt sich ganz gut auch ohne Erregungen leben, nicht wahr, man sollte nur mit etwas weniger Poesie und dergleichen begabt sein, nicht wahr, nicht wahr. Was bin ich für ein Schwätzer, nicht wahr, nicht wahr?
Ja, ich bin es, der Widmann die Gedichte geschickt hat und es sind meine Gedichte, die nächstens im Sonntagsblatt des Bund zum Dessert aufgetragen werden. Werde ich wohl viel Schmeichelhaftes zu hören bekommen über die Feinheit meiner priklichen Kochkunst?

*5. Mai 1898, an seine Schwester Lisa*

Ein Gedichtbuch ist so ganz anders als ein Roman, und ich finde, dass die Lyrik im Allgemeinen keinen gerade sehr erhebenden Schwung bei uns in Deutschland besitzt. Den Menschen von heute fehlen die Schicksale. Meinen Sie nicht auch? Ich erwähnte einmal früher dieses Wort »Schicksal« einem Dichter, es ist Dauthendey, gegenüber. Der lachte, wurde beinahe böse und fand den Ausdruck übertrieben. Warum eigentlich? Aber dieses Dichten »von oben herab«, ich möchte es ein hochnäsiges Dichten nennen, liegt wohl in der Zeit. Es ist namentlich, glaube ich, den deutschen Artisten eigen, und ich habe keinen einzelnen Namen im Sinne, wenn ich daran denke. Was will ein Dichter zu sagen haben, wenn er nicht einmal in seinem Leben die Hand des Todes »gespürt« hat? Es gibt heute eine Kunst für das Kind, eine für die Frau, eine für den Weihnachtstisch, eine für den Kaffeehausmenschen, eine für den, eine für einen andern. Hol's der Kuckuck. Aber ich weiss eigentlich nicht, was ich habe sagen wollen.

*Anfang Oktober 1906, an Christian Morgenstern*

Die Romantiker und zarten Schriftsteller sind von mir etwas bei Seite gelegt. Ich suche jetzt mein Wesen anderswo, bin also da nicht mehr sehr interessiert.

*Ende Februar 1922, an Carl Seelig*

Wissen die Hochgeborne übrigens, dass ihr untertänigster Knecht letzthin in *Basel* bei seinen Schwägern *Oskar* und *Fridolina* zu Besuch war, allwo er sich unerhört höflich aufführte? Meine Schwägerin liess mich nämlich zu sich bitten, um meine Meinung punkto ihre Dichtkunst zu vernehmen. Sie versucht sich in der schwierigsten Versform, die es gibt, in sogenannten Alexandrinern, die eine Behandlungsweise, ein Verständnis fordern, womit nur erste französische Autoren, wie *Racine*, *Molière* usw. ausgestattet, begnadet gewesen sind. *Fridolinali* hat sich ja denn auch, wie ich auf zwei erste Blicke deutlich erblickte, als recht mangelhafte Dichterin erwiesen, was ich ihr so fröhlich und schonend wie möglich zu erklären bemüht gewesen bin. Ich zerstörte ihr den holdesten und höchsten der Träume, den Publiziertraum. Sie hoffte veröffentlichen zu können, und ich Räuber raubte ihr diese Hoffnung. Aber sonst ist sie eine wirklich liebe und sehr nette Frau. Das Dichten muss eben halt schliesslich doch verstanden sein.

*Ende Juli 1924, an Frieda Mermet*

Im deutschen Sprachgebiet scheinen die Dichter hauptsächlich erfunden worden zu sein, um über Schüehli von mittelgrossen Saaltöchtern Loblieder zu dichten, was eine keineswegs zu unterschätzende Bestimmung ist. Grosse deutsche Lyriker mussten bei Lebzeiten ganze Wäschekörbe volldichten, um es nachher zur wohlverdienten Unsterblichkeit gebracht zu haben. Welch sonderbares Loos.

*April/Mai 1925, an Frieda Mermet*

Eine Zeit lang hielt man mich hier für wahnsinnig und sprach laut in unseren Arkaden bei meinem Vorübergehen: Er gehört in eine Irrenanstalt. Unser grosser Schweizerdichter Conrad Ferdinand Meyer, den Sie sicher kennen, sass auch zeitweise in einem Sanatorium für geistig nicht ganz mehr so recht auf der Höhe Stehende. Jetzt feiert man dieses armen Menschen hundertsten

Geburtstag mit Ansprachen und Gesangsdeklamationen. Und er wagte einst kaum die Feder in die Hand zu nehmen, aus Furcht, er wäre ein lumpiger Stümper. Ich ging dann eines Tages in's Café und verliebte mich in ein Töchterchen. das sehr romanhaft aussah, das war natürlich eine grosse Dummheit von mir, alle Nützlichkeitsnaturen sprangen mir nach und erinnerten mich an die sauren Obliegenheiten meines so schönen und kostbaren Berufes, der die Eigenheit hat, kein Geld einzutragen. Ich liebte dieses schöne junge Mädchen, das bereits zur Fettleibigkeit zu neigen schien, infolge der Musik, die ich täglich dort im Café hörte. Die Macht der Musik ist ja gross, mitunter gewaltig. Auf einmal war alles verändert, ich lernte eine sogenannte Saaltochter, d.h. Kellnerin, kennen, und von da existierte die erste teils nur noch halb, teils überhaupt nicht mehr für mich. Lieben und was man schwärmen nennt, sind ganz, ganz verschiedene Zustände, verschiedene Welten. Ich ging dann sehr häufig zur Natur d.h. in die Landschaft, ich fand recht viel Einfälle, Ideen, die ich bearbeitete. Indes ich das tat, ging sie aus dem Saale, worin sie diente, fort, und seitdem sah ich sie nicht mehr; ich dichtete sie alsdann an in Gedichten, und nun gibt es bei uns und wohl auch bei Ihnen sehr viele Leute, die der Ansicht sind, dass Gedichte keine Arbeit sind, vielmehr etwas sozusagen Komisches, Verachtungerregendes. Das war ja von jeher im Land der Dichter und Denker so und wird so bleiben. Unsere Stadt ist sehr schön. Ich badete heute in entzückend kaltem Wasser bei leisem, feinen Sonnenschein in dem Fluss, der unsere Stadt umläuft umschillert wie eine Schlange. Es weiss selbstverständlich kein Mensch um diejenige, die ich teils in Prosa schrecklich ausgelacht und andersteils in Versen angehimmelt habe.

*Mitte Oktober 1925, an Therese Breitbach*

Ich fand die Frage *Kerr's*, ob zur Gedichtfabrikation ein Grad von Verblödung erwünscht sei, bemerkenswert. Hiltbrunner vermisst dies bisschen durchaus nötige Intellektualabwesenheit sicher. Der Lyriker *Werfel* scheiterte jedesmal, sobald er in Schwung kam, am baldigen Aufhören des turnerischen, tänzerischen, spielerischen Schwunges und am Beginnen des Vielwissens, welches ihn lyrisch kaltstellte. Zweifellos ist Kerr's Umfrage oder *Enquête* eine gescheite. Kerr's Intelligenz feiert in dieser Problemstellung einen Triumph. Im Begriff Blödsein liegt eben etwas Strahlendschönes und Gutes, etwas unsäglich Feinwertiges, etwas, das gerade die Intelligentesten sehnsüchtig gesucht haben und fernerhin sich zu eigen zu machen suchen. *Kerr* äussert nach meinem Herausfühlen mit seiner Frage ganz einfach etwas wie eine persönliche Sehnsucht, und streng genommen könnte man ihn als einen Schmachtlappen, Waschlappen, Schmachtlöckeler bezeichnen. Ich wurde einst an der Potsdamerstrasse auch als solchen anerkannt. Wie gern und oft schmachtläppelte und -löckelte ich durch die Tauenzienstrasse und den Kurfürstendamm herauf und herab. Das schöne Gedicht hat meiner Ansicht nach ein schöner Leib zu sein, der aus den gemessenen, vergesslich, fast ideenlos aufs Papier gesetzten Worten hervorzublühen habe. Die Worte bilden die Haut, die sich straff um den Inhalt, d. h. den Körper, spannt. Die Kunst besteht darin, nicht Worte zu sagen sondern einen Gedicht-Körper zu formen, d. h. dafür zu sorgen, dass die Worte nur das Mittel bilden zur Gedichtkörperbildung, d. h. die Verblödetheit *Kerr's* liegt darin, dass der Gedichtelidichter es versteht, Intelligentika's in Menge nach links und nach rechts, zu Gunsten des Gedichtbildes zu verdrängen. Sich dümmer, unwissender zu benehmen, als man ist, ist eben eine Kunst, ein Raffinement, das und die wenigen gelingt. Weshalb steigen aus Shakespeare-Stücken Frauengestalten so eminent-, so leuchtend-lebendig, lebenswarm herauf? Weil er's versteht, d. h. verstanden hat, oder weil es ihn hinriss, manches gar nicht auszusprechen. Aus den Unausgesprochenheiten entwickelt sich das Gestaltliche. *Kerr* weiss das, er weiss es sowohl zu seiner Lust wie zu seinem Schmerz, und Vielen Sonstigen ging und geht es ebenso. In der Dichtkunst aller Schattierung ist der Intellektualismus »nur« der Diener, und derjenige Dichter dichtet am besten, dem dieser Diener am besten, d. h. so gehorcht, wie es der Bildende, Schaffende braucht, und die Kerr'sche Frage bezüglich der Blödigkeit ist nach der Brauchbarkeit, Geschmeidigkeit jenes Dieners hin zu übersetzen. Beim Gedicht muss sich ebendieser Diener gelernt haben, besonders fein, vorsichtig, bescheiden, taktvoll aufzuführen. Das Gedicht entspringt aus der Lust des Intellektbesitzers, auf eine grosse Portion hievon zu verzichten.

Beim Gedicht hat also dieser Diener ganz einfach am aufopferungsvollsten zu dienen.

*18. März 1926, an Max Rychner*

Halten Sie mich, bitte, nicht für Einen, der je schon ein Petrarkasonett gelesen hätte. Ich gehöre bloss zu denen, die den Namen kennen. Nun sende ich Ihnen hier einige Gedichte nebst einem sogenannten Duett. Auch zwei Sonette sind unter der Gruppe. Sie werden sie lesen. Wie ist es mit den Artikeln, Beiträgen, die Sie nicht verwenden können? Ich darf ja annehmen, dass alles, was ich Ihnen eingesandt habe und ferner einsende, beisammenbleibt, gut aufbewahrt wird. Es gibt Leute, die der Ansicht sind, ich sollte heiraten und ein fürchterliches bürgerliches Vorbild darstellen. Vielleicht wäre es ganz angenehm, den Engel zu spielen, d.h. auf alles Erdenkliche zu verzichten.

*16. April 1926, an Otto Pick (»Prager Presse«)*

Auch bei Ihnen liegt ja noch dieses und jenes Gedicht, das Sie erst noch bei Ihnen, d.h. im Prager Tagblatt, veröffentlichen können, ehe Sie Schritte bei diesem Lauscheib von Zsolnay unternehmen, um diesen Schurken zu irgend etwas zu bewegen. Zsolnay ist doch eben einfach ein Romaneditorschurke, der wie ein Hase vor der Zumutung davonläuft, Lyrik veröffentlichen, d.h. verlegen zu sollen. Ich bin immerhin frohbewegt, d.h. einverstanden, wenn Sie mich gelegentlich dem Lausbuben empfehlen wollen, der, wie jeder übrige Verlegerschnuderbub, vor Gedichten zittert, was man ja begreifen kann. Wenn Sie dem Fötzelcheib schreiben, so tun Sie's bitte sehr kurz, ernst, grosszügig, lieber prahlerisch als irgendwie bittend. Die Schriftsteller, die eine Lumpenbande in der Verleger Augen sind, sollten mit letzteren wie mit räudigen Schweinen umgehen. Seien Sie diesem Wiener-Kulturagent gegenüber, was mich betrifft, stolz, zart, nachlässig, hochtrabend. Ich würde diesem Schafseckel vorläufig kein Material vorlegen, ansonst er bloss in einen stinkenden Dünkel versänke. Es kommt eben meiner Meinung sehr drauf an, *wie* man sie behandelt. Und dann dünkt mich eine Buchausgabe so lange schön und interessant, als sie noch nicht stattfand. Jedes Buch, das gedruckt wurde, ist doch für den Dichter ein Grab oder etwa nicht?

*4. Oktober 1927, aus einem Brief an Max Brod*

Hier, in der Eile, gebe ich Ihnen, d.h. es ist da mehr von Anbieten, Feilbieten, als von reinem, edlem, uneigennützigem Geben die Sprache, ein Sie vielleicht interessierendes Gedicht, das ich einst, als ich noch ein kleiner grossfühlender Commis war und keine Seele noch an eu-

ropäische Dinge dachte, in einem Arbeiterhäuschen auf dem Zürichberg dichtete.
Ich füge ein heutiges, gleichsam kontemporänes, will sagen neueres, jüngeres Gedicht bei und überlasse Ihnen, zu urteilen, ob ich einst der bessere Poet war wie jetzt.

*21. Oktober 1927, an Max Brod*

Sie erfreuten mich mit gedruckter Überreichung zweier Gedichte, die gerade ein Prosaist gern um eines gewissen Ausgleichs willen, um sich in das Herz, ich möchte glauben, des Vorhandenseins überhaupt, hineinzufinden, schreibt.

*4. November 1927, an Max Brod (»Prager Tagblatt«)*

Ah, da vergass ich ja ganz, Ihnen mitzuteilen, dass *Monsieur Zsolnay*, *Wien*, die Gedichte, die ich ihm auf Ihren Rat zum Verlag anbot, ablehnte.
Die Sache begründet sich vielleicht so: wer singt, hat einen Affen, da »singe« im Französischen Affe heisst. Einen Affen haben, bedeutet besoffen sein. Nun sind ja Gedichtemacher in der Tat öfter begeisterungs- oder gefühlsbesoffen, was oft keineswegs *comme il faut* ist. Verse = *des vers:* das sind ausserdem noch Würmer. Da könnte leicht pfui gerufen werden können!

Obiger *Monsieur* schrieb mir, dass ihm meine Gedichte immerhin literarischen Valeur zu haben schienen.

*November 1927, an Max Brod*

Ich weiss nicht, ob es Stärke oder Schwäche bei einem Schriftsteller ist, wenn er mitunter ein Gedicht macht. Mir scheint die Frage, ob ein Dichter an sich Mann oder Weib sei, schwierig zu beantworten. Übrigens gestatte ich mir selbstverständlich keineswegs, mit Ihnen zu plaudern, sondern ich leite bloss so schicklich wie möglich die kleine Offerte ein, die ich Ihnen anbei in der Form einiger neuer Arbeiten ergeben unterbreite.

*27. April 1928, an Otto Pick (»Prager Presse«)*

Meine Schriftstellerarbeit, falls mich solche ans Pult ruft, besorge ich mit Vorliebe früh vormittags. Unter anderm schrieb ich eine Art Tagebuch in Form von einzelnen, voneinander total unabhängigen, Gedichten. Naturgemäss kommt nun in den Anstaltsverhältnissen nicht mehr so viele Prosa zustande wie vorher in der Stadt, die ich übrigens nur noch selten zu sehen bekomme.

*23. Dezember 1929, an Frieda Mermet aus der Heilanstalt Waldau, Bern*

## *Quellenverzeichnis*

Die Gedichte 1-7, 10, 13-15, 21, 22, 24-26, 29 und 32 haben wir übernommen aus dem Band:
Robert Walser: »Die Gedichte«. Sämtliche Werke in Einzelausgaben. Herausgegeben von Jochen Greven. Dreizehnter Band. suhrkamp taschenbuch 1113. Suhrkamp Verlag Zürich und Frankfurt am Main 1986.

Die Gedichte 18-20, 27, 30, 31 und 33 sind übernommen aus:
Robert Walser: »Aus dem Bleistiftgebiet«. Mikrogramme aus den Jahren 1924-1925. Band 2: Gedichte und dramatische Szenen. Im Auftrag des Robert Walser-Archivs der Carl Seelig Stiftung/Zürich entziffert und herausgegeben von Bernhard Echte und Werner Morlang. Suhrkamp 2003.

Gedicht 12 ist übernommen aus:
Robert Walser: »Aus dem Bleistiftgebiet«. Band 4. Mikrogramme aus den Jahren 1926-1927.

Die Gedichte 8, 9, 11, 16, 17, 23 und 28 sind übernommen aus:
Robert Walser: »Aus dem Bleistiftgebiet«. Mikrogramme aus den Jahren 1925-1932. Band 6: Gedichte und Dramatische Szenen.

Die Briefe, denen wir die mit der Gedichtproduktion sich beschäftigenden Briefstellen entnommen haben, sind vollständig abgedruckt in:
Robert Walser: »Briefe«. Herausgegeben von Jörg Schäfer unter Mitarbeit von Robert Mächler. suhrkamp taschenbuch 488. Suhrkamp Verlag Zürich 1979.

## *Inhalt*